내가
내일
죽는다면

# 내가
# 내일
# 죽는다면

삶을 정돈하는 가장 따뜻한 방법,
데스클리닝

마르가레타 망누손 지음
황소연 옮김

시공사

우리는 언젠가 죽습니다.

그것만은 분명합니다.

하지만 죽기 전까지는 거의 뭐든 할 수 있지요.

어쩌면 당신은 이 책을 자식한테 받았거나

같은 처지의 사람에게서 선물받았을 수도 있습니다.

거기에는 그럴 만한 이유가 있습니다.

당신의 집에는 평생에 걸쳐 모은

멋진 물건들이 너무 많기 때문입니다.

본인이 아닌 다른 가족이나 친구 들은

그것들을 제대로 평가하거나 관리할 수 없습니다.

사랑하는 사람들이 당신 때문에 고생하는 대신

당신을 아름답게 추억하도록

이제부터 내가 도울 것입니다.

_마르가레타 망누손

# 절대 슬프지 않은 작업,
# 데스클리닝

나는 죽음을 대비한 청소, 즉 데스클리닝Death Cleaning을 합니다. 스웨덴 말로는 '데스테드닝Döstädning'이라고 하는데 '데Dö'는 '죽음'이고 '스테드닝städning'은 '청소'를 뜻합니다. 이 말은 '살날이 얼마 남지 않았다는 생각이 들 때 불필요한 것들을 처분하고 집을 말끔히 정리하는 일'을 뜻합니다.

이제부터 중요한 이야기를 해보려 합니다. 어쩌면 내 이야기가 당신에게 조금은 도움이 될 수도 있습니다. 죽음은 얼마 후든 먼 훗날이든 우리 모두가 직면할 수밖에 없는 문제이기 때문입니다. 데스클리닝은 우리가 떠난 뒤에 남겨질 사랑하는 사람들이 소중한 시간을 낭비하지 않도록 살아 있는 동안 반드시 해야 하는 일입니다.

데스클리닝이란 무엇일까요? 나는 '가진 것들을 점검하고, 더는 필요하지 않은 것들을 어떻게 청산할지 결정하는 일'이라고 생각합니다. 주위를 한번 둘러봅시다. 더는 눈에 띄지도 않고 쓸모도 없는데 오랫동안 자리만 차지하고 있는 물건들이 몇 개는 있을 것입니다.

'데스클리닝'은 신조어지만 사실 새로울 것이 없는 행위입니다. 데스클리닝은 살아 있는 동안 물건들을 처분해서 더 수월하고 덜 복잡한 삶을 영위하기 위한 일종의 선행先行에 속합니다. 또한 이는 연령이나 죽음과 연관되어 행해지는 경우가 많지만 반드시 연령과 죽음에 국한되는 것은 아닙니다. 서랍이나 옷장 문이 잘 닫히지 않을 때가 왕왕 있는데 그럴 때는 30대인 사람이라도 조치를 취해야겠지요. 그럴 때 하는 청소 역시 '데스클리닝'이라 불러도 좋습니다. 앞으로 살날이 실낱같이 많은 사람이겠지만 말이에요.

여자들은 언제나 데스클리닝을 잘 실행해온 것 같습니다. 하지만 여자들의 일은 늘 주요 관심사 밖으로 밀려나기 일쑤고 그 가치를 제대로 인정받지 못하지요. 내 세대나 위 세대의 여자들은 대부분 남편을 여읜 후 주변을 한차례 정리하고, 또 본인이 세상을 뜨기 전 다시 주변을 정리하는 것으로 데스클리닝을 실천했습니다. 대부분의 경우 '사후 정리'라는 것은 사전에, 즉 우리가 죽기 전에 주변을 정리하는 것으로, 이상한 상황일 수밖에 없습니다.

어떤 사람들은 도무지 자신이 죽는다는 것을 받아들이지 못합니다. 그런 사람이 세상을 뜨고 나면 난장판이 벌어지곤 하지요. 자기는 죽지 않는다고 생각한 걸까요? 어린 시절의 상처 등 여러 원인 탓에 정서적으로 완전히 성장하지 못한 사람은 부모와 죽음에 대해 이야기하는 것을 원치 않습니다. 두려워할 일이 아닌데도 말이에요. 우리는 누구나 죽음에 대해 거리낌 없이 이야기해야 합니다.

하지만 여전히 죽음에 대해 말을 꺼내기 어렵다면 데스클리닝부터 이야기해보는 건 어떨까요? 요전 날 나는 아들에게 내가 데스클리닝을 하고 있으며 그것에 관한 책을 쓰고 있다고 이야기했습니다. 아들은 이게 슬픈 책이 되지는 않을지, 내가 책을 쓰다가 슬픔에 젖지는 않을지 궁금해했습니다. 나는 그렇지 않다고 대답했어요. 전혀 슬프지 않다고. 데스클리닝도, 그것에 관해 책을 쓰는 것도.

가끔 처분하고 싶은 물건들을 고르지 못해 좀 난감할 때는 있습니다. 처분하고 싶은 물건들 중에는 그간 잘 사용했던 것들이 있기 때문이죠. 그럴 때는 그 물건과 마지막으로 함께하는 시간을 갖고 나서 처분하는 것이 유익하다는 점을 깨달았습니다.

그런 물건들은 나름의 사연을 가지고 있게 마련이라 옛 사연을 떠올리는 것은 즐거운 일이었습니다. 젊었을 때는 차분히 앉아 이 물건들이 내게 어떤 의미를 가지는지, 어디서 왔는지 그리고 언제 어떻게 내 소유가 되었는지 곰곰이 생각하지 않았습니다. 데스클리닝과 대청소의 차이점은 단순히 소요 시간이 아닙니다. 데스클리닝은 먼지를 떨고 닦는 것이 아니라 일상을 더 원활하게 만드는 영구적인 정리 작업입니다.

현재 나는 스톡홀름을 돌아다니며 대도시가 제공하는 삶에 최대한 동참하며 살고 있습니다. 그러지 않을 때는 내 아파트가 제공하는 삶에 몸을 맡깁니다. 내 삶을 성찰하는 시간을 갖는 것입니다.

세상은 걱정거리로 가득합니다. 홍수, 화산활동, 지진, 화재, 전쟁 등이 잇따라 발생합니다. 나는 뉴스를 듣거나 신문을 읽으면 우울해집니다. 부정적인 소식을 들었을 때 좋은 친구들과의 교제, 야외 활동, 음악 등 아름다운 것들을 가미하지 않으면 의기소침해질 정도이지요. 단순히 화창한 날씨(북쪽 지방에서는 드문 날씨입니다)를 즐기는 것도 좋습니다. 슬픈 글은 결코 쓰고 싶지 않습니다. 세상은 이미 슬픈 일들로 넘쳐나니까요. 그래서 이 책에는 유용하고, 즐겁고, 다소 유머러스한 말과 생각 들이 이어질 예정입니다.

물론 누군가에게 데스클리닝은 대단히 어려운 작업일 수 있습니다. 우리는 아직 죽지 않았으니 말이죠. 하지만, 아직 죽지는 않았지만 데스클리닝을 얼마든지 시작할 수 있습니다. 더 작은 집으로 이사해야 한다든가, 혼자 살게 되었다든가, 양로원에 가야 한다든가 하는 상황이 대부분 동인이 되곤 합니다.

많은 사람이 옛날 물건들을 살펴보고 마지막으로 사용했을 때를 돌이키며 물건들에게 작별 인사를 고하는 데 어려움을 겪습니다. 그래서 물건을 버리기보다 쌓아두려고 하지요. 나는 다른 사람을 대신해 여러 번 데스클리닝을 해주었습니다. 그런데 만약 내 데스클리닝을 남에게 맡기고 세상을 뜬다면 나는 욕을 먹을 게 분명합니다.

누군가가 죽는다는 것은 혼란스러운 상황의 발생을 내포합니다. 한 가지 물건을 두고 형제간에 다툼이 일어나는 슬픈 이야기는 흔한 사례인데, 그것은 불가피한 일이 아닙니다. 이런 불행한 사태는 사전 계획으로 얼마든지 방지할 수 있습니다.

일례로, 내게는 대단히 멋진 팔찌가 하나 있었습니다. 오래전 내 아버지가 어머니에게 선물한 그 팔찌는 어머니의 유언에 따라 내가 물려받았지요. 그런데 내 자식들 간에 불협화음이 발생하는 것을 막으려면 나로서는 그것을 팔아버리는 것이 상책이었습니다. 나는 지금도 그것이 대단히 현명한 결정이었다고 생각합니다.

나중에 그 팔찌를 팔았다는 이야기를 꺼냈을 때, 자식들은 내 결정에 불만을 표하지 않았습니다. 그때는 아이들이 각자 내 어머니와 아버지의 유품을 물려받은 후이기도 했고, 무엇보다 그 팔찌는 내가 마음대로 쓰던 '내 물건'이었으니까요. 팔찌 하나 때문에 다섯 자식과 왈가왈부하며 소중한 시간을 낭비했더라면 그것이야말로 불합리한 일이었을 것입니다. 데스클리닝은 이러한 시간 낭비를 줄여줍니다.

지금 내 나이는 여든이 넘었습니다. 나이를 먹을 만큼 먹고 나니 내가 경험한 것들을 알리는 것이 의무라는 생각이 드네요. 데스클리닝은 우리 모두가 알아야 할 중요한 이야기라고 믿습니다. 당사자가 누구든 상관없이 말입니다. 주변에 고령의 부모, 친구, 가족이 있을 수도 있고, 본인이 데스클리닝을 시작할 나이가 되었을 수도 있습니다.

나는 스웨덴 안팎으로 이사한 경험이 정확히 열일곱 번 있습니다. 그러니 집을 옮길 때, 이민을 갈 때, 저세상으로 이주할 때조차 무얼 간직하고 또 무얼 버려야 할지 결정하는 데 능숙할 수밖에 없습니다. 통계적으로 여성들이 남편이나 파트너보다 더 오래 살기 때문에 대개 데스클리닝은 여성들이 맡게 되지만, 내 아버지처럼 남편이 홀로 남겨지는 경우도 종종 발생합니다.

아이와 어른, 친척과 손님이 수시로 어울려 지내는 가정이라면 너무 바빠 집 안의 산더미 같은 물건들을 줄일 엄두도 내지 못하는 경우가 많습니다. 그러다 보면 어영부영 물건들은 급격히 불어나게 마련이죠. 상황은 통제할 수 없는 지경으로 치닫고, 모든 것이 부담으로 작용하기 시작합니다.

물건들이 야기하는 피로감은 어느 날 갑자기 밀려올 수 있습니다. 그럴 때 손님이 주말에 방문하거나 집에서 저녁 식사를 하기로 한 약속이 취소되면 실망보다는 고마움을 느끼게 됩니다. 집을 청소해야 하는데 그것이 버겁기 때문이지요. 문제는 손이 가는 대상이 너무 많다는 데 있습니다.

자, 삶의 방식에 변화를 주어야 할 때가 왔습니다. 시작하기에 너무 늦은 때는 없습니다!

# 차례

# 나의 첫 데스클리닝

요즘 세상은 내가 젊었을 때와는 많이 다릅니다. 더 나아졌다는 뜻은 아닙니다. 일례로 요즘 세상은 속도가 정말 빠릅니다. 상당수의 젊은 가정이 급선무를 해결하기 위해 짬을 내야만 하지요. 내가 귀찮아하는 일을 누군가가 시간을 내어 대신해줄 거라는 생각은 아예 하지

말아야 합니다. 아무리 나를 사랑하는 사람이라도 그런 부담을 떠넘겨서는 안 됩니다.

내가 데스클리닝을 처음 접한 것은 어머니가 돌아가신 직후 부모님의 아파트를 처분해야 했을 때였습니다. 부모님은 결혼 후 46년간 함께 살았는데, 아버지는 더 작은 아파트로 이사해야 하는 상황에서 혼자 모든 것을 처리할 여력이 없었습니다. 우리는 아버지의 새집에 어울릴 만한 가구며 패브릭, 가정용품, 장식품, 그림 등을 함께 골랐습니다.

어머니는 생전에 정리를 잘하는 현명하고 현실적인 여성이었습니다. 어머니는 돌아가시기 전 한동안 병석에 누워 있을 때 살날이 얼마 남지 않았음을 직감하고 주변 정리를 한 것 같습니다.

나는 부모님의 집을 정리하기 시작하면서 옷가지를 비롯한 많은 물건에 쪽지가 붙어 있는 것을 발견했습니다. 각각의 물건을 어떻게 처리해야 하는지 손 글씨로 써놓은 작은 쪽지들이었습니다. 기부 단체에 보내야 할 꾸러미가 있는가 하면 원래 주인에게 돌려주어야 할 책들도 있었습니다. 승마복도 한 벌 있었는데 역사박물관에 기증하라는 쪽지가 옷깃에 핀으로 꽂혀 있더군요. 연락해야 할 박물관 담당자의 이름도 물론 적혀 있었습니다.

꼭 내게 하는 말은 아니었겠지만 나는 이 작은 지시 사항들에서 위안을 얻었습니다. 어머니가 옆에서 도와주는 것만 같았거든요. 실제로 어머니는 자신의 데스클리닝을 한 셈이었습니다. 나는 어머니의 행동에서 고마움을 느꼈습니다. 이 일은 세상을 뜰 때 자기 물건을 미리 책임진 훌륭한 사례였습니다. 내가 세상을 뜬 후 사랑하는 사람들이 내 물건을 처리할 때 겪을 부담을 덜어주는 일이라니.

당시 나는 한 살에서 열한 살 사이의 아이들을 다섯 명이나 키우고 있는 데다 일로도 정신없이 바빴습니다. 내가 시간을 낼 수 없었기 때문에 우리는 중고품 매매업자와 함께 집 안을 정리하기로 했어요. 아버지가 작은 새집에 두길 원치 않거나 필요 없다고 판단한 것들은 팔아버리기로 했습니다. 당시에는 그것이 최선이었습니다. 도와줄 형제자매가 있는 사람은 중고품 매매업자의 도움이 필요 없을 수도 있습니다.

중고품 매매업자는 많은 일을 처리합니다. 내가 기억하기로는 일단 그 사람이 개입하자마자 모든 것이 매우 신속하게 진행되었습니다. 물건들이 우리 손을 영영 떠나기 전에 나는 물건 나르는 사람들을 몇 번이고 불러 세워야 했습니다.

하지만 너무 많은 물건이 가게에 넘어가는 게 아닌가 하는 고민은 별로 하지 않았습니다. 아이들의 양육, 이사 문제로 심란한 아버지의 심정, 아내 혹은 어머니를 잃은 가족들의 슬픔 등 내게는 처리해야 할 더 시급하고 복잡한 문제들이 있었기 때문이죠. 물질적인 문제에 신경을 쓸 때가 아니었습니다.

물론 가정용품이나 가구 등 아버지가 쓸 필수품은 챙겨야 했습니다. 하지만 많은 것이 가게에 넘어가더라도 세상이 끝나는 것은 아니었어요. 가장 중요한 점은 아버지가 새 아파트에 갖추고 싶어하는 물건들을 확보하는 것이었습니다. 우리는 아버지가 아끼는 책상(아버지

가 어머니의 사진을 놓아두었던), 즐겨 사용하는 의자,
계속 간직하고 싶어하는 그림 몇 점을 챙겼습니다.

## 데스클리닝 시작하기

어떻게 시작할까요? 우리는 우선 집의 규모를 줄이는 데 시간이 걸린다는 사실부터 알아야 합니다.

약간의 훈련과 준비만 한다면 어떻게 물건을 처분할지 더 쉽게 결정할 수 있습니다. 내 말을 믿길 바랍니다. 소유물을 점검하는 데 시간을 많이 쓰면 쓸수록 무엇을 갖고 무엇을 버릴지 결정하기는 더 쉬워질 것입니다. 그 작업에 공을 들일수록 오히려 시간을 절약하는 셈이지요. 쓰레기장에 가서 필요 없는 것들을 버릴 때의 홀가분함은 보너스고요.

가장 먼저 창고나 다락방, 문 옆에 있는 수납장을 점검합니다. 이곳들은 물건을 임시로 처박아놓기에 딱 좋은 장소입니다. 말이 임시지, 아마도 당신은 그곳에 많은 것을 오랫동안 방치해두었을 것입니다. 어쩌면 거기에 무엇이 있는지조차 잊었을 수도 있지요. 차라리 잘된 일입니다. 이제 그것들을 내다 버리면 속이 후련해질 테니 말입니다.

물건들이 쌓여 있는 곳에 가서 숨겨진 것들을 끄집어내십시오. 인형의 집이든 운동용품이든 더는 원치 않는 물건들이 있을 것입니다. 심지어 내 집 창고가 꽉 차서 다른 집 창고에 보관 중인 물건들도 있을 수 있습니다. 맙소사! 당신이 세상을 떴을 때 과연 누가 그것들을 관리할까요?

사랑하는 사람과 친구 들에게 당신의 계획을 말하십

시오. 불필요한 물건을 처분하는 것을 그들이 도와줄지도 모릅니다. 또한 그들의 도움을 얻어 혼자 나를 수 없는 물건들을 나르게 될 수도 있고, 좋아하는 사람들(싫어하는 사람들까지도)이 책, 옷가지, 생활용품 들을 가져가려고 줄줄이 나타날 수도 있습니다.

손주나 독립 예정인 사람들도 분명 주변에 있을 것입니다. 그들을 초대해 당신의 물건들을 보여주면서 이야기를 나누어보세요. 그리고 물건에 얽힌, 그들이 모르는 이야기를 들려줘보세요. 이야기를 나눌 때 봉지나 박스를 들고 있으면 그들이 가져갈 것들을 바로 넣어서 줄 수 있습니다.

# 작은  조언  하나

---

　데스클리닝을 할 때는 사진이나 편지, 사적인 서류부터 시작해서는 안 됩니다. 사진과 편지를 뒤적이다 보면 즐거울 수도 혹은 슬퍼질 수도 있지만 한 가지는 확실합니다. 그것들부터 시작하면 분명 추억의 미로에 갇혀 데스클리닝은 손도 대지 못할 것입니다.

　어떤 이유에서든 보관 중인 사진과 편지는 가구나 다른 물건의 운명이 결정될 때까지 보류하십시오. 데스클리닝에서는 크기가 대단히 중요합니다. 크기가 큰 것부터 시작해서 점차 작은 것으로 끝내야 합니다. 사진에는 너무 많은 감정이 어려 있기 때문에 감정이 작업을 방해하기에 십상입니다. 이것은 대단히 중요한 부분이기 때문에 나중에 따로 언급하겠습니다.

# 물건의 위치를 알 수 없다면
# 이미 너무 많이 소유하고 있는 것

삶을 쾌적하고 안락하게 만드는 것들을 제거하라는 말이 아닙니다. 하지만 물건의 위치를 알 수 없다면 당신은 이미 너무 많이 소유하고 있는 것입니다. 나는 정리 정돈이 잘된 집 안에서 편안함을 느낍니다. 뭔가가 눈에 거슬리는 풍경은 원치 않습니다. 아름다운 의자에

더러운 빨랫감을 걸쳐두지 않습니다.

정성 들여 꾸미고 단정히 가꾼 곳을 지속적으로 어지르게 된다면 집을 정리하는 당신의 방식에 문제가 있는 것입니다. 지나친 풍족함을 약간 덜어낸다면 삶은 더 쾌적하고 편안해질 것입니다.

■

# 쉬운 것부터 정리하라

■

집 안을 둘러보면 당신이 소유주라는 것 외에는 공통점이 전혀 없는 듯한 물건들이 눈에 띌 것입니다. 하지만 대부분의 물건은 공통점을 가지게 마련이고, 많은 경우에 각기 다른 범주로 묶일 수 있습니다. 예를 들어 가구, 의류, 서적, 패브릭 등으로 구분될 수 있지요.

하지만 각 가정에서는 이를 뛰어넘는 독특한 범주의 물건들을 보유 중일 것입니다. 골퍼, 원예사, 선원, 풋볼 선수는 저마다 다른 부류의 물건들을 가지게 마련이죠. 그중 몇몇 부류는 처분하기가 더 까다로울 수도 있습니다. 그러니 일단은 비교적 다루기 쉬운 범주를 먼저 선택합니다. 범위가 넓고 감정적 연계가 그리 크지 않은 것들이 '쉬운 범주'에 속합니다.

핵심은 쉬운 것부터 선택하는 것입니다. 그러지 않으면 얼마 못 가 포기하기에 십상입니다. 쉬운 두어 가지 범주를 처리하다 보면 기분이 대단히 좋아질 것입니다. 그리고 얼마 후에는 집을 건사하는 일이 훨씬 수월해지겠지요. 가족과 친구 들은 계속하라고 당신을 격려할 테고요.

나는 언제나 의류를 가장 먼저 선택합니다. 옷이 가장 쉬운 이유는 옷장에 잘 입지 않거나 거의 입지 않는 옷들이 많기 때문입니다. 부모님, 남편, 시어머니 등 다른 사람들을 대신해 데스클리닝을 했을 때도 항상 옷부터 시작했습니다.

핵심은 쉬운 것부터 선택하는 것입니다.
그러지 않으면 얼마 못 가
포기하기에 십상입니다.

옷은 대부분 사이즈가 정해진 경우가 많기 때문에 사이즈가 같은 친구나 지인을 알고 있지 않은 이상 모두 버리는 게 가장 좋습니다. 하지만 자기 옷장을 좀 더 손보고자 한다면 일단 모든 옷을 두 더미로 나눕니다(침대 위나 테이블 위가 좋겠지요).

더미 1: 보유하고 싶은 옷
더미 2: 처분하고 싶은 옷

더미 1을 뒤지면서 수선이나 세탁이 필요한 옷들을 꺼내고 나머지는 옷장에 도로 넣습니다. 더미 2는 버리거나 기부하면 됩니다.

나는 산더미처럼 쌓인 옷들을 보고 내가 정말 이 모든 걸 사들였는지 믿을 수가 없었습니다. 생일이나 크리스마스 선물로 받은 것들도 있어 더 많아졌겠지요. 어떤 옷은 너무 작고 또 어떤 옷은 너무 클 것입니다. 지난 1년간 몸매가 많이 변했다면 맞지 않는 옷들은 더미 2에 포함시킵니다.

나는 옷들을 살펴본 뒤 옷장에 원피스 두 벌, 스카프 다섯 장, 재킷 한 벌, 신발 두 켤레만 남겨두었습니다. 남은 옷 더미에서 손주 녀석이 신발 한 켤레를 가져갔고, 나머지는 적십자에 기부했습니다. 기분이 참 좋았습니다! 하지만 우리는 데스클리닝을 하기 전에 각 상황에 맞게 옷을 갖춰 입어야 한다는 것을 감안해야 합니다. 일상생활, 축제, 경조사에 맞게요. 또한 계절과 작업 환경에 따라 옷차림이 달라져야 한다는 것도요.

따로 옷방을 가진 행운아들도 있을 것입니다. 하지만 그런 경우 제때 환기를 시키고 옷을 세탁하고 관리해야 하는 부담감은 더 큽니다. 나중에 옷을 처분할 때 오는 부담감도 마찬가지죠.

나는 젊었을 때 옷장을 간편하게 관리하는 방법에 대한 훌륭한 글을 읽은 적이 있습니다. 옷을 잘 입는 비결은 가진 옷의 양에 따르지 않는다는 것이 그 글의 요지였어요. 그 글에 따르면 옷을 신중하게 선택하고 잘 관리하는 것이 관건이었습니다. 이후 나는 그 조언에 따라 충실한 삶을 살아왔습니다. 옷장은, 집 안의 다른 곳과 마찬가지로 관리가 핵심입니다. 필요할 때 적당한 것을 신속하고 쉽게 찾을 수 있어야 합니다.

나는 옷장 안의 모든 의복이 서로 어울려야 한다고 생각합니다. 함께해도 어울리고 서로 대체해도 무방해야 합니다. 옷장의 규모를 줄이려면 옷장 안을 점검하면서 없어도 될 것들을 확인하는 것이 좋습니다. 충동구매한 것들이나 다른 의복과 잘 어울리지 않는 것들이 분명 있겠지요. 그런 옷들은 옷장을 전체적으로 바라보면 쉬 골라낼 수 있습니다. 자주 입을 듯한 느낌이 들거나 강한 애착이 느껴지는 것만 보유하면 됩니다. 단순한 옷에 화려한 색상이나 무늬의 옷을 대비시킨 차림새는 보기에도 좋고 입는 사람도 즐겁습니다.

나는 어디에나 어울리는 재킷을 하나 가지고 있습니다. 수십 년 전 한 중국 시장에서 어떤 여성에게 산 것인데, 상상의 동물들을 수놓은 패치워크(여러 헝겊을 서로 꿰매 붙이는 것-옮긴이) 재킷입니다. 알록달록한 데다 바느질도 정교하고, 상상력이 풍부한 사람이 옷감을 재활용해 만든 재미난 작품입니다. 시장의 그 자그

마한 여자가 이 옷을 만들었을까요? 그럴지도 모릅니다. 나는 나를 행복하게 만드는 이 재킷을 계속 간직하고 싶습니다. 크리스마스이브면 늘 이 옷을 입습니다.

# 주변 사람들의
## 도움을 받는 것도 방법

평소 정리가 잘된 집이라면 데스클리닝은 훨씬 수월합니다. '정리가 잘되었다'는 말은 모든 것이 제자리에 있다는 뜻이니까요. 반면 집이 난장판이라면 청소하기는 대단히 어렵겠지만 집 안이 어질러진 것은 얼마든지 개선이 가능합니다. 물건을 손에 든 채 '이게 원래 어디 있었더라' 하고 기억을 더듬다가 문득 그것이 전혀 필요하지 않은 물건임을 깨달을 수도 있기 때문입니다.

내가 사는 곳에는 '시니어네트Senior Net'라는 클럽이 있습니다. 컴퓨터를 다루는 데 서툰 은퇴자들이나 쉰다섯 살 이상의 사람이면 누구나 이곳에서 컴퓨터를 잘 다루는 다른 은퇴자나 노인에게 도움을 받아 컴퓨터상의 문제를 해결할 수 있습니다. 그곳에서 나를 도와준 사람은 내 컴퓨터의 파일들이 뒤죽박죽인 것을 보고 못마땅해했습니다.

그는 내 컴퓨터의 화면을 보고는 이렇게 말했습니다.

"이건 거의 부엌에 변기를 두고 있는 셈이네요."

그는 나를 도와주었고 내 파일들도 정리해주었습니다. 당시 나는 일흔아홉 살이었는데 도움을 얻고 난 이후 컴퓨터 작업을 훨씬 수월하게 할 수 있었습니다.

당신에게도 이런 일이 일어날 수 있습니다. 이것을 깨닫는 데 컴퓨터가 반드시 필요한 것은 아닙니다. 컴퓨터 안에는 모든 것이 분류, 정리되어 있기 때문에 그것에 비유한 것뿐입니다.

# 물건에게 자리를 만들어주기

아이들이 어렸을 때 우리 가족은 생일 파티가 열리면 '열쇠 숨기기 놀이'를 했습니다. 얼마나 재미있던지! 나는 17세기에 만들어진 커다란 열쇠를 숨기고 나서 아이들에게 찾도록 했습니다. 숨바꼭질과 비슷했지만 이 놀이의 경우 찬장에 숨은 아이가 그대로 잊히는 일은 없었습니다. 나는 열쇠를 숨기고 나서 아이들 중 한 명이 보물에 접근하면 이렇게 소리치곤 했습니다.

"점점 더워지네!"

반대로 멀어지면 이렇게 말했습니다.

"점점 추워지네!"

그 게임은 정말 재미있었습니다. 하지만 다 큰 어른 이라면 아침에 잠에서 깨어 안경을 찾아 헤매는 것이 재미있을 리 없습니다. 안경이 보이지 않을 때 "점점 더 워지네" 하고 말해줄 사람도 없지요. 이런 사태를 해결 하기 위해서는 어떻게 해야 할까요? 정리할 수밖에요!

얼마간 살아온 집이라면 질서를 유지하는 일이 그리 어렵지 않을 것입니다. 하지만 나는 여전히 난장판인 집에서 사는 가족을 알고 있습니다(여기서 내 자식들의 이름을 굳이 거론하지는 않겠습니다. 당사자는 알 것이 므로). 지저분함은 불필요한 분란의 화근입니다. 비교 적 단출한 가정에서도 가족 중 한두 사람은 열쇠며 장 갑, 자격증, 휴대전화 등을 찾아 헤매기 일쑤입니다.

이 물건들은 공통점을 하나 가지고 있습니다. 하나같

이 제자리에 없다는 점입니다! 모든 물건에 자리를 정해두면 집을 나설 때 짜증이 날 일도, 허둥거릴 일도 없을 것입니다. 현관문 옆에 서서 그거 어디 있냐고 소리칠 일도 없을 테지요. 목적지에 제시간에 도착하는 것은 덤이고요.

대부분의 사람은 일주일에 한 번 정도 집을 청소합니다. 청소기나 대걸레를 밀며 집 안을 돌아다니다 보면 십중팔구 제자리를 벗어난 물건들을 발견하게 되지요. 피아노 위에서는 장갑, 부엌에서는 머리빗, 소파 위에서는 열쇠 꾸러미…….

가방을 하나 메거나 큰 주머니가 달린 앞치마를 두르고 청소를 해봅시다. 엉뚱한 곳에 있는 물건을 보면 그것을 앞치마 주머니나 가방 안에 넣는 거죠. 청소가 끝나면 수거한 것들을 같이 사는 사람들에게 보여주고 원래의 자리에 돌려놓아달라고 부탁합니다.

어떤 집은 가방이나 앞치마 주머니로는 감당이 안 될 만큼 많은 물건이 엉뚱한 데 놓여 있기도 합니다. 이런 가정은 그때그때 정리 정돈하는 습관이 필요합니다. 나는 항상 집을 정리하고 널려 있는 것들은 바로 치우기 때문에 앞치마 주머니 하나면 충분합니다. 나는 아주 멋들어진 표범 무늬 앞치마를 이용하고 있는데 이것은 외식하러 갈 때조차 걸치고 싶을 만큼 멋집니다.

열쇠는 복도 벽의 고리에 걸어두고, 장갑이나 모자 그리고 스카프는 바구니 혹은 상자에 모아두면 좋습니다. 다층 집에 살고 있다면 청소 시 층계참마다 바구니를 놓아두세요. 위층이나 아래층으로 옮겨야 할 것들을 그 바구니에 담아두면 시간을 절약할 수 있습니다. 바구니에 발은 넣지 마시고요.

10년 전쯤 나는 며칠 동안 한 가족과 함께 선박 여행을 떠난 적이 있습니다. 승객들은 배에서 잠시 내릴 때마다 선실 문을 잠가야 했는데 모두 열쇠를 찾지 못했습니다. 열쇠 누가 가지고 있어? 마지막으로 누가 가지고 있었지? 아름다운 섬들이 우리를 둘러싸고 있었지만 배에서 내릴 때마다 너도나도 열쇠를 찾느라 기분이 상했습니다. 이렇듯 선실 내의 작은 열쇠고리 하나가 선상 여행의 기분을 좌우할 수 있습니다.

때로는 아주 사소한 변화가 놀라운 효과를 발휘합니다. 반복되는 문제에 부딪힌다면 문제를 개선합시다! 고리 하나에 큰돈은 들지 않으니까요.

# 나의 두 번째 데스클리닝

시어머니가 돌아가시고 난 뒤, 나는 두 번째 데스클리닝을 하게 되었습니다. 시어머니는 훨씬 작은 아파트로 이사하면서 더 사용하지 않는 것들을 대부분 처분한 상태였어요. 시어머니의 작은 아파트는 항상 아름답고 단정하고 아늑해 보였습니다.

내 아이들(당시 각자 작은 아파트에 살고 있었습니다)은 기꺼이 할머니를 찾아왔습니다. 시어머니는 손주들에게 손수 저녁상을 차려주고, 오래전 할아버지가 스위디시매치컴퍼니 Swedish Match Company에서 근무할 당시 일본에서 살았던 이야기를 들려주었습니다. 대공황이 한창일 때 시어머니와 시아버지 그리고 그들의 아들(1932년생 내 남편)은 스웨덴으로 귀향해야 했습니다.

시어머니는 대단히 유능하고 재주가 많은 여성이었습니다. 1930년대, 일본에서 스웨덴으로 돌아왔을 때 도심의 번화가에 작은 부티크를 열고 일본에서 수입한 실크 제품, 도자기, 아름다운 칠기, 바구니 같은 물건들을 팔았습니다.

당시 스웨덴에서 바구니에 빨랫감이나 채집한 버섯 외에 다른 것을 넣은 사람은 우리 시어머니가 최초였을 거예요. 예를 들어 시어머니는 바구니에 아름다운 꽃을 넣어 장식하곤 했는데, 지금은 널리 쓰이는 방식이지만 당시에는 그렇지 않았습니다(바구니 안에 꽃병이나 다른 용기를 넣으면 안에 물을 붓고 꽃을 꽂을 수 있습니다). 얼마 후 상류층 여성들이 '마운트후지$^{Mt Fuji}$'로 불리는 시어머니의 가게를 찾았습니다. 시어머니는 카운터 뒤에서 이른바 '귀부인'들을 응대하는 동안 유쾌한 일도 겪고 불쾌한 일도 겪었습니다.

세상을 뜨기 몇 해 전부터 시어머니는 우리를 만날 때마다 중국 접시며 예쁜 테이블보, 멋진 색상의 냅킨 같은 것들을 우리 손에 쥐여주었습니다. 그런 일은 시어머니가 마지막 집인 작은 아파트로 이사하기 전까지 오랫동안 지속되었습니다. 그것은 시어머니의 데스클리닝이었습니다. 시어머니는 오랜 기간에 걸쳐 조용하고 친절한 방식으로 서서히 그리고 은근히 물건들을 처분했습니다. 그러는 동안 시어머니의 친구와 가족 들의 집에는 아름답고 유용한 물건들이 점점 추가되었지요.

당시에 나는 그런 시어머니의 행동이 얼마나 사려 깊은 것인지 깨닫지 못했습니다. 물론 시어머니가 그렇게 배려심을 발휘했음에도 불구하고 돌아가신 후 우리가 처분해야 할 물건들은 여전히 있었지요. 하지만 생각보다 많지는 않았습니다. 우리가 해야 할 일을 시어머니

가 덜어주고 돌아가신 것을 생각하면 지금도 얼마나 감
사한지 모릅니다.

## 부실한 정리 정돈은
## 사랑하는 사람들의 시간을 빼앗는다

많은 사람이 어질러진 집 안에 앉아 행복하고 평온한 시간을 보냅니다. 나는 그들을 이해하기가 어렵습니다. 갓 빨래를 마친 세탁기 같은 집에서 절대 행복할 수 없는 나로서는 가끔 부러운 마음마저 듭니다.

10년 만에 딸린 자식이 다섯 명으로 불어났을 때 우

리는 집 현관을 스웨덴 유치원과 비슷하게 개조했습니다. 아이들은 각자 고유의 색깔, 자신만의 아늑한 장소, 개인용 옷걸이를 하나씩 가지고 있었지요. 외출복은 전부 자기 옷걸이에 걸거나 작은 로커 안에 넣어야 했습니다. 외출용품은 절대 거실 안으로 들어올 수 없었습니다. 웃옷을 옷걸이에 걸고 장갑을 제자리에 두는 것은 그것들을 바닥에 내던지는 것보다 특별히 더 많은 시간을 요하지 않습니다. 이 규칙의 가장 좋은 점은 아이들이 스스로 자기 물건을 찾을 수 있어서 "엄마, 혹시 그거 못 봤어요?" 하고 묻는 일이 없다는 것입니다.

물건을 엉뚱한 데 두고 찾는 것은 효과적인 시간 활용과는 거리가 멉니다. 데스클리닝의 경우도 마찬가지입니다. 부실한 정리 정돈은 사랑하는 사람들의 시간을 빼앗습니다. 당신을 대신해 누군가가 당신의 주변을 정리해야 한다면 그들은 행복하지 않을 것입니다. 평생 정리 정돈을 잘해온 사람은 본인은 물론 주위 사람들에게도 수월한 데스클리닝을 보장합니다.

## 두 번째 조언

---

집의 크기를 줄이기로 결정했다면 누군가와 이 문제를 상의하고 싶어질 것입니다. 누구와 상담하면 좋을까요? 버리고 싶은 물건과의 감정적 연계가 없는 사람(가족이 아닌)이 상담자로 적당합니다. 처지가 비슷하거나 나이가 훨씬 어린 사람의 조언이 필요할 수도 있습니다. 어쩌면 그들은 당신의 생각과는 다르지만 좋은 의견을 가지고 있을지도 모릅니다. 그들의 새로운 시각은 당신의 작업을 제대로 파악하는 데 도움이 될 것입니다. 고민거리까지도 말이에요.

조언이 필요하다고 생각되는 것이면 무엇이든 잊기 전에 목록을 작성해둡시다. 당신이 질문거리를 애써 생각해낼 때까지 기다려줄 사람은 없으니까요. 그리고 사람들을 집으로 초대해봅시다. 나는 데스클리닝을 하는 동안 다음과 같은 질문들을 떠올렸습니다.

　-책을 기부하기에 가장 좋은 곳은 어디일까?
　-이 그림은 경제적 가치는 없지만 대단히 예쁘다.
　이걸 원할 사람은 없을까?
　-오래된 사무라이 검을 10대 손주 녀석한테 줘도
　될까?

　거창하거나 어렵지 않더라도 남의 견해가 필요
한 질문이면 충분합니다.

# 세 번째 데스클리닝의 대상은
## 바로 나

세 번째 데스클리닝 대상은 다름 아닌 내 집이었습니다. 내 남편은 결혼한 지 48년 되던 해, 오랜 투병 끝에 세상을 떠났습니다. 나는 남편의 물건들을 모두 처분하랴, 새로 이사할 더 작은 집에 맞춰 내 물건들을 정리하랴 고심했습니다.

오랫동안 부부 생활을 한 사람이라면 앞으로 혼자 살아야 한다는 사실이 잘 믿기지 않을 것입니다. '그동안 의지했던 조언자, 해결사는 더는 내 옆에 없다', '내 옆을 지키면서 인생의 윤활유가 되어주던 그 사람은 이제 볼 수 없다'라는 사실도요. 그 대상은 배우자일 수도 있고 가까운 친구나 가족일 수도 있는데 어쨌든 이것은 우리 모두가 맞닥뜨릴 수밖에 없는 냉혹한 현실입니다. 나는 '절대 무너지지 말자', '열심히 전진하자'라고 다짐하면서 남들의 눈에도 그렇게 비치도록 노력했습니다.

　그렇지만 절친한 친구들이 내 집에 머무는 상황이 계속되면서 그것이 나의 새 출발을 방해했습니다. 하루빨리 추억이 없는 새집을 구해야겠다는 생각이 들었습니다. 큰 정원이 없고 청소해야 할 계단과 방이 많지 않아 혼자 사는 사람에게 적합한 곳. 잔디밭의 잡초를 뽑거나 눈 치우는 작업은 더는 즐겁지 않았고 오히려 힘에 부쳤습니다. 먼지를 떨고 집 안 곳곳을 닦는 일도 마찬가지였어요.

　널찍한 정원이 딸린 큰 집을 발코니가 있는 방 두 개

짜리 아파트로 축소하는 것은 단 몇 시간 만에 해치울 수 있는 일이 아니었습니다. 성인이 된 내 아이들이 옷, 책, 공구, 가구 등을 가져갔는데도 관리하거나, 솎아내거나, 버려야 할 것들이 여전히 많이 남았습니다.

나는 중고품 매매업자에게 연락해 처분하고 싶은 물건들을 감정받은 뒤 그중의 일부를 팔려고 내놓았습니다. 그리고 나서 친구들과 이웃들에게 갖고 싶은 물건이 있는지 와서 구경하라고 초대했지요. 그들이 간 뒤 나는 방마다 돌아다니면서 남아 있는 것들을 목록으로 만든 뒤 각각 어떻게 처리할지 메모했습니다. 램프 옆에는 '피터에게 준다'라고 적고, 한 그림 옆에는 '엘런 이모에게 드린다'라고 적고, 줄 사람이 없는 것들에는 '기부 단체에 준다'라고 적었습니다.

그리고 나서 각각의 방마다 일주일씩 정리 기간을 할당했습니다. 허둥거리지 않고 내 힘으로 데스클리닝을 해나간다는 기분이 들었습니다. 모든 방을 정리하고 나서 뿌듯하게 휴식을 취했습니다.

물론 세탁실 같은 곳에 꼬박 일주일을 투자할 필요는

없습니다. 집 안팎에 처리해야 할 것들이 많을 테니 각 공간마다 시간을 유동적으로 할애하면 물건을 더 수월하게 골라낼 수 있을 것입니다.

# 데스클리닝, 살아온 삶을 홀로 점검하는 작업

세 번째 데스클리닝 당시 남편이 집 정리를 도와주었더라면 정말 좋았겠지만, 그것은 불가능한 일이었습니다. 남편은 이미 죽고 없었습니다.

장례식은 자식들과 함께 치렀지만 나 혼자 하는 데스클리닝에는 1년 가까운 시간이 걸렸습니다. 나는 천천히 혼자 힘으로 그 작업을 해나갔습니다. 내가 아끼는 몇몇 물건에 대해 아이들이 했던 말을 잊지 않고 있었기 때문에 그런 것들은 계속 보유하다가 훗날 그들에게 주기로 했고, 아무도 신경 쓰지 않는 것들은 처분하기로 했습니다.

만약 내가 아들딸 내외에게 도움을 요청했더라면 분명 그들은 성심성의껏 나를 도와주었을 것입니다. 하지만 나는 도움을 요청하지 않았습니다. 다섯 명 중 세 자식은 돌봐야 할 어린애들이 딸려 있는 데다 미국, 아프리카, 일본 등 스웨덴 서부 해안에 위치한 내 집으로부터 멀리 떨어진 곳에서 일하고 있었기 때문입니다. 어린애와 짐까지 끌고 여기로 찾아오는 것은 자식들에게 대단히 부담스러운 일이었을 것입니다. 게다가 나는 도움을 요청하는 것을 싫어하는 성격이라서요.

그간 살아온 삶을 상징하는 물건들을 홀로 점검하는 것은 대단히 외로운 작업이었습니다. 남편과 함께 했어야 하는 일이었어요. 우리가 더 팔팔하고 더 건강할 때 시작했어야 했습니다. 우리는 모두 자신이 영원히 살

것처럼 생각하지요. 하지만 나의 소울메이트는 별안간 세상을 떠났습니다.

돌이켜보면 당시에 나 혼자 데스클리닝을 해서 다행이라는 생각도 듭니다. 나로서는 차라리 혼자여서 더 수월했던 것 같습니다. 남편과 함께 했더라면 몇 년이 걸렸을 것입니다. 사람들은 물건을 버리기보다 축적하려 하니까요. 아무리 사소한 물건이라도 마찬가지입니다. 언젠가는 쓸모가 있을 것이라고 생각합니다. 그리고 가끔은 정말 그렇기도 하지요.

만약 내 아이들이 집에 와 이 작업을 거들었다면 그들은 모든 걸 간직하자고 했을 것입니다. 모든 걸! 적어도 무엇을 남기느냐를 두고 서로 의견이 갈렸을 것입니다. 그러므로 나 혼자 데스클리닝을 수행한 것은 최선의 선택이었습니다. 그렇지만 자식들이 시간적 여유가 많은 경우에는 데스클리닝에 참여시키는 것도 좋겠지요.

# 가족과 데스클리닝에 대해
## 이야기해야 하는 이유

내가 젊었을 때는 부모님을 포함한 연장자들에게 속마음을 터놓는 것은 예의 바른 행동이 아니었습니다. 나이 든 사람들이 먼저 의견을 구하지 않은 문제에 대해 젊은 사람들이 말하는 것은 특히 그랬습니다. 자기 목소리를 내고 바른말을 하는 것이 무례하게 여겨졌지요.

그래서 그때 장년층(내 부모님과 그 이전 세대)은 젊은이들의 생각을 전혀 몰랐습니다. 부모와 자식들은 서로를 이해할 수 있는데도 그러지 못했지요. 세대 간에 서로를 이해할 기회를 놓쳤으니 정말이지 어리석고 슬픈 일이 아닐 수 없습니다. '죽음'과 '죽음에 대한 준비'는 더욱이 화제에 오르지 않았지요.

오늘날 우리는 정직함을 예의 바름보다 더 중요하게 여깁니다. 물론 이 두 가지를 모두 갖추는 것이 가장 좋을 테지요. 요즘 젊은이들은 내 세대보다 특별히 대인술에 뛰어나지도, 과묵하지도 않은 것 같은데 어쩌면 모두를 위해서 잘된 일일지도 모릅니다. 우리 모두가 언젠가 죽음을 맞는다는 사실을 고려한다면 누구나 해야 하는 '죽음에 대한 대화'를 하는 데에 이 두 가지가 큰 비중을 차지하지는 않는 것 같습니다.

오늘날에는 부모는 물론이고 누구에게든 거리낌 없이 물을 수 있습니다. 더는 물건에 흥미도, 관리할 기력도 없을 때 그것들을 어떻게 할 거냐고요. 오랜 세월에 걸쳐 어마어마하게 축적된 부모의 소유물을 걱정하는 성인들이 많습니다. 부모가 스스로 그 물건들을 건사하지 못할 때 자신이 그것들을 책임져야 한다는 것을 알고 있기 때문입니다.

부모님이 점점 나이가 들어가는데 소유한 물건들을 어떻게 처리할지 말을 꺼내기 어렵다면 부모님의 집에 가서 아래와 같이 살갑게 물어보기를 권합니다.

"좋은 물건들이 많긴 한데, 이 많은 것들을 나중에 어떻게 하실 생각이세요?"

그러고는 부모님의 말을 들어봅시다. 이렇게 물어봐도 좋겠지요.

"이것들 다 마음에 드세요?"

"오랫동안 수집한 물건들 중에 일부를 처분하시면 생활하기 더 편리하고 힘도 덜 들지 않겠어요?"

"어머니(혹은 아버지)가 더는 여기 계시지 않을 때 너무 많은 것들이 남겨져 있지 않게 우리가 천천히 같이 해볼 수 있는 일은 없을까요?"

노인들은 종종 균형 감각을 잃습니다. 깔개, 바닥에 쌓인 책 더미, 집 안 여기저기 엉뚱하게 놓인 물건들은 안전사고를 일으킬 소지가 있습니다. 이것을 화제로 삼아 이야기를 꺼내보면 어떨까요.

이러한 질문을 던질 때는 최대한 부드럽고 상냥하게 묻는 것이 중요합니다. 어쩌면 부모님은 처음 몇 번은 대답하기를 꺼리거나 화제를 바꿀지도 모릅니다. 그래도 다시 질문해봅시다. 부모님과의 대화에 실패했다면 생각할 시간을 주고 몇 주 혹은 몇 달 뒤에 조금 달라진 방식으로 다시 질문해봅시다.

혹은 부모님 집에 있는 몇 가지 물건을 쓰고 싶으니 달라고 전화로 말해도 좋습니다. 부모님은 홀가분한 마음으로 물건을 내줄 것이고, 그것을 계기로 데스클리닝의 효과와 즐거움을 느끼기 시작하겠지요. 행여 부모님에게 무례하게 비칠까 걱정된다면, 부모님의 물건을 처리하는 문제를 화제에 올리거나 질문조차 하기 꺼려진다면 나중에도 입을 떼지 못할 것은 안 봐도 뻔합니다.

기억하십시오. 우리가 사랑하는 사람들은 서로의 물건을 물려받고 싶어 합니다. 다만 전부 떠안는 것을 원하지 않을 뿐입니다.

# 바이킹도 데스클리닝을 했습니다

우리의 조상인 바이킹은 살아가고 죽는 것이 더 수월하지 않았을까 하는 생각이 가끔씩 듭니다. 그들은 피붙이가 죽으면 망자의 물건들을 시신과 함께 매장했습니다. 새로운 환경에서 망자에게 부족한 것이 없게 배려한 행동이었죠. 또한 유족들은 망자를 상기시키는 물건을 텐트나 움막 여기저기에 놔두어 망자의 영령에 휘둘려서는 안 된다는 믿음을 가지고 있었습니다. 매우 현명했지요.

이것을 오늘날에 적용해보면 어떨까요? 요즘 사람들이 그 많은 잡동사니를 가지고 묻히려면 올림픽 수영장만 한 땅이 필요할 것입니다!

■

# 행복한 순간만 헤아리는 것이
# 데스클리닝의 핵심

■

스웨덴의 그룹 아바ABBA의 아니프리드 륑스타드Anni-Frid Lyngstad가 부른 노래 중에 이런 구절이 있습니다.

오직 행복했던 순간만 헤아리고 슬펐던 순간은 잊어버려요.

행복한 시간을 갖는 것은 정말 중요합니다. 행복한 순간들은 훗날 좋은 추억으로 남기 때문입니다.

해안선이 대단히 긴 스웨덴에서 보트 여행은 매우 인기입니다. 우리 가족도 자주 보트 여행을 하고 그에 대해 많은 대화를 나누었습니다. 저녁 식사 자리는 보트 경주의 전장으로 변하곤 했지요. 식기들은 우리의 상상 속에서 보트로 변신했습니다. 포크와 스푼은 서로 부딪쳤고, 겨자 통은 반환점이 되었습니다. 후추 통과 소금 통 사이 결승선을 통과하기까지 치열한 접전이 벌어졌지요.

우리는 최근에 있었던 보트 경주에 대해 이야기를 나누었고, 보트 경주자로서 서로의 단점을 지적하며 웃음꽃을 피웠습니다. 나중에는 내 남편, 아이들 아버지 생각에 다 같이 눈물을 흘리기도 했습니다.

나는 이사 준비를 할 때 성인이 된 자식들에게 우리 가족의 보트 경주가 벌어졌던 탁자를 가져갈 사람이 없는지 물었습니다. 모두 가져가지 않겠다고 말했지요. 그러다가 내가 그것을 기부하기 직전에 다행히 한 아이가 별안간 새 아파트를 얻는 바람에 탁자가 필요해졌습니다. 그 탁자는 지금도 유용하게 쓰이고 있지요. 내 자식이 그 탁자에서 벌어졌던 경주를 추억하고 사랑하는 사람들과 새로운 경주를 치르게 될 것을 생각하면 행복합니다.

내 가족이 가져가지 않았더라도 그 탁자는 다른 누군가의 집에서 멋진 탁자로 자리 잡았을 것입니다. 물론 누군가가 내 집의 물건을 가져갈 날을 희망하며 기다릴 수도 있겠지만 평생 기다릴 수는 없는 노릇입니다. 누군가가 가져가서 새로운 추억을 만들어가기를 바라는 마음으로 소중한 물건을 그냥 처분해야 할 때도 있습니다.

# 추억을 안겨준 것만으로도
## 충분한 물건이 있다

우리 집에는 보트가 있었습니다. 아이들이 클 때 보트 기술을 가르쳤던 보트였습니다. 자식들이 독립하고 몇 년이 지났을 때까지도 그 보트는 여전히 우리 집에 남아 있었습니다. 크기가 작아 거치적거리도 않았고, 무엇보다 우리는 그것을 처분할 생각이 없었습니다. 즐

거운 추억이 워낙 많이 어려 있는 데다 손주들이 태어
났을 때 그 녀석들에게 물려주면 재미날 거라고 생각했
기 때문입니다. 우리는 그 작은 보트를 계속 보유하고
싶었습니다.

　우리 집 뒷마당에는 하얀 문과 창틀이 있는 스웨덴
식 빨간 헛간이 한 채 있었습니다. 보트는 헛간 지붕 밑
에 자리를 잡았지요. 나무 보트는 원래 환경에 민감한
데 그 헛간은 너무 습하지도 건조하지도 않아서 보트가
수년간 (섬세한 관리하에) 끈질기게 대기하기에 적당한
장소였습니다.

　하지만 손주 녀석들은 보트 경주에 재미를 붙이지 못
했고, 우리는 결국 그 보트를 팔아버렸습니다. 슬펐습
니다. 손주 녀석들은 하나같이 보트 학원에 다녔지만
대부분 보트가 전복되어 물속에서 생존하는 요령을 배
울 때만 즐거워했습니다. 유익한 수업이었지만 실전 보
트 기술로 넘어가자 아이들은 집중하지 못했고 흥미를
느끼지도 못했습니다.

　우리 배는 초보자에게 적합한 소형 보트로 이름은

'긍정주의자'였습니다. 만약 그 작은 보트가 말을 할 수 있었다면 아무도 믿지 못할 이야기들을 쏟아냈을 것입니다. 승리와 패배의 이야기들. 바다와 섬과 피오르(빙하의 침식으로 만들어진 골짜기에 바닷물이 들어와서 생긴 좁고 긴 만–옮긴이)의 이야기들.

보트 경주에 참가하려고 자동차를 몰고 프랑스에 갔던 일이 기억납니다. 우리 집 아이들 다섯, 아이들의 친구 하나, 작은 긍정주의자 네 척. 한 척은 자동차 지붕 위에, 나머지 세 척은 차 뒤 트레일러 위에 있었어요. 벨기에의 '겐트'라는 항구 도시에 도착했을 때 이미 날은 저물었는데 우리는 목적지가 어느 방향인지 가늠할 수 없었습니다.

우리는 도로 한편에 오토바이가 한 대 세워져 있고 경찰관이 그 위에 타고 있는 것을 보았습니다. 남편은 차를 세우고는 차창을 내려 길을 물었어요. 경찰관은 차에 실린 보트들과 꼬맹이들을 흥미로운 눈길로 쳐다보고는 호루라기를 불었습니다. 그러자 별안간 오토바이를 탄 경찰관이 세 명 더 나타났습니다. 우리는 앞뒤

로 경찰 오토바이 두 대의 호위를 받으며 시내를 통과
했습니다. 얼마나 신났는지 상상이 가시는지? 그 작은
보트가 (그리고 보트의 친구들이) 없었더라면 절대 하
지 못할 경험이었습니다.

그래서 우리에게 그 보트를 처분하는 것은 특히 어
려운 일이었습니다. 하지만 우리가 이것을 계기로 얻은
교훈은 아무도 원하지 않는 물건을 붙들고 있어서는 안
된다는 것이었습니다.

# 여 자 의 일

———

'남자들은 홀아비가 되었을 때 어떻게 대처할까' 하는 생각이 가끔씩 들곤 합니다. 내 세대의 남자들은 상처가 나면 대개 갈팡질팡했는데, 특히 죽은 아내에게 극진한 대접을 받으며 산 경우에는 더 그랬습니다. 그런 남자들은 단추를 다는 것은 고사하고 달걀 하나 삶을 줄도 모릅니다.

내 남편은 간단한 요리와 수선 작업 같은 소소한 집안일은 대부분 잘했습니다. 의사였던 내 아버지는 낚시로 잡은 물고기를 아주 깔끔하게 손질했는데 물고기를 수술한 것처럼 보일 정도였습니다. 발라낸 살코기에 가시 하나가 없다니! 아버지가 그걸로 요리도 했냐고요? 아뇨, 전혀.

과거 홀아비들에겐 빨래와 다림질을 하고 급한 허기를 달래줄 사람, 즉 새 아내를 하루빨리 얻는 것이 최선책이었습니다. 하지만 다음 세대의 남자들은 아내를 잃으면 이보다 더 능숙히 대처하게 되었습니다. 이제 스웨덴 남자들 중에는 봉제와 뜨개질을 즐기거나 맛깔나는 요리를 척척 해내는 뛰어난 요리사들이 흔합니다! 게다가 스웨터 안에 입을 셔츠를 전부 다림질할 만큼 어수룩하지도 않아서 옷깃과 소매만 다리는 요령도 피울 줄 압니다. 오늘날의 젊은 세대는 나이가 들었을 때 지금 갈고 닦은 생활 기술의 덕을 누리게 될 것입니다.

데스클리닝은 대대로 여자들의 몫이었던 것 같습니다. 여자들은 남자들에 비해 집안일을 더 많이 하고 더 오래 사는 경향이 있습니다. 게다가 아이들과 남편이 외출하고 나서 뒷정리를 하는 일이 잦기 때문에 청소에도 능숙합니다.

내 세대의 여자들은 주변을 어지르지 말라는 말을 들으며 자랐습니다. 반면에 남자들이 그 공간을 차지하는 것은 당연시되었습니다. 내 딸은 내가 남한테 피해를 줄까 봐 너무 걱정을 해대는 바람에 엄마가 그렇게 걱정하는 것 자체가 오히려 남에게 피해를 준다고 종종 말하곤 합니다. 반면 남자들은 그

런 걱정을 하지 않지요. 오히려 너무 안 해서 탈이
지만요.

# 서두르지 말고
## 자신만의 속도를 유지할 것

데스클리닝을 할 때는 현재의 생활을 등한시해서는 안 됩니다. 당신의 집과 정원은 물론 당신 자신을 꾸준히 돌봐야 합니다. 집의 규모를 줄이기로 결정했다면 서두르지 않는 게 좋습니다. 가능하면 천천히 시간을 두고 자기에게 맞는 속도를 유지하면서 진행합시다.

분명 힘이 들 것입니다. 힘에 부칠 때도 있겠지만 과로하지 않는 것이 중요합니다. 데스클리닝을 직접 하면 돈은 물론이고 당신의 가족과 친구 들이 추후 당신을 대신해 들여야 할 시간까지도 절약할 수 있음을 떠올려보십시오. 분명 큰 보람을 느끼게 될 것입니다. 또한 내가 그랬듯 당신 역시 소중한 것들을 얼마나 많이 소유하고 있는지 깨닫고 다른 사람들이 그것을 즐기도록 나눠주고 싶다는 마음이 들 것입니다.

그렇다고 해서 추억 안에 갇혀 있으라는 말은 아닙니다. 지금은 그럴 때가 아닙니다. 오히려 미래를 설계하는 데에 집중할 때입니다. 훨씬 간편하고 차분해진 삶을 그려봅시다. 얼마나 행복할지를요!

데스클리닝을 일상생활로 여겨 날마다 실행하면서 짬짬이 시간을 내 좋아하는 일도 즐겁게 해봅시다. 친구들과 시간을 보낼 때도, 자선 행사에 참가할 때도, 산책할 때도, 카드놀이를 할 때도 말이에요.

한 여성은 같이 보드게임을 하던 친구 넷 중 둘이 세상을 뜨고 나자 그 게임을 할 맛이 나지 않는다고 불평

집의 규모를 줄이기로 결정했다면
서두르지 않는 게 좋습니다.
가능하면 천천히 시간을 두고
자기에게 맞는 속도를 유지하면서 진행합시다.

했습니다. 물론 슬픈 것이 당연합니다. 하지만 이제 젊은이들과도 어울리려고 해보세요. 당신이 젊은이들의 가치를 존중한다면 그들도 당신의 우정을 존중할 것입니다. 또한 젊은이들은 보청기라든가 다른 서글픈 이야기만을 화제로 삼지도 않습니다.

물론 시간을 내서 안과나 치과 치료 외 건강검진도 받아야 할 테지요. 우리는 그런 일들에도 시간을 내야 합니다. 데스클리닝 기간 동안 나는 골동품상, 중고품 매매업자, 기부 단체 관계자와 연락하면서 대단히 흥미롭고 위트가 넘치며 친절한 사람들을 알게 되었습니다.

약골만 나이를 먹는 것은 아닙니다. 누구나 나이를 먹습니다. 그러니 너무 오랫동안 물건을 버리거나 규모를 축소하는 것을 미루는 것은 좋지 않습니다. 언젠가는 당신도 병이 들 것입니다. 관리하거나 정리해야 할 것들에 치이기 전에 조금 일찍 착수한다면 누구든 즐겁게 데스클리닝을 할 수 있습니다.

가끔은 나 역시 내 정원이 못 견디게 그리울 때가 있습니다. 하지만 다른 사람의 정원을 보는 것으로 만족하는 게 훨씬 편하다는 것을 인정할 수밖에 없습니다. 누군가 정원 일에 대해 궁금해하거나 대화하고 싶어한다면 당신에게 묻고 당신의 말에 귀 기울이겠지요. 당신의 지혜는 녹슬지 않으니까요.

# 줄 것, 버릴 것, 둘 것, 가져갈 것

　얼마 전 나는 한 미국 잡지에서 나이 든 사람들이 물건을 줄이고 더 작지만 적당한 집으로 이사하는 것을 돕는 전문가들을 다룬 기사를 읽었습니다. 좋은 방법이라고 생각하면서도 이 사람들이 청구한 비용을 보니 최종 청구서에 얼마가 찍혀 있을지 걱정하지 않을 수 없었습니다.

이처럼 전문가를 고용하면 과정은 신속하게 진행되겠지만 심사숙고하며 앞으로 살 집에 관해 계획하는 데 필요한 마음의 평화는 얻지 못합니다. 앞으로 이사 갈 그 집에서 오래 살게 될 가능성을 배제해선 안 됩니다. 그러므로 우리는 신중하게 물건들을 점검하고 간직할 가구, 의류, 책, 그림, 램프 등을 선택해야 합니다.

물론 시작하는 방법은 여러 가지입니다. 자기만의 비법이 있을 수도 있지만, 마땅한 방안이 없다면 이제부터 소개할 나의 방법을 모델로 삼아도 좋습니다.

나는 방이나 공간마다 '준다', '버린다', '둔다', '가져간다'와 같은 이름을 정해놓고 각각의 메모를 써서 붙였습니다. 그렇게 해놓으면 다른 단체(노인 복지 기관이나 적십자 같은 단체)에서 물건을 가지러 왔을 때 실수하는 일이 없습니다. 내 집이 팔렸을 때는 새 집주인이 내 가구 중 일부를 사고 싶어했습니다. 나는 팔린 가구들을 '둔다' 영역에 두고는 '둔다'라고 적은 빨간 스티커를 붙여두었습니다.

얼마 후 나는 예전부터 잘 아는 지역에서 방 두 개짜리 적당한 아파트를 발견했습니다. 자식 둘을 비롯해 몇몇 친구들이 그곳에 살고 있었지요. 바로 이삿짐을 싸고 짐을 옮길 생각은 없었습니다. 두 군데 이상의 이사업체에서 견적을 받아야 할 차례였습니다. 하지만 나는 이사업체를 결정하기 전에 이사 준비를 더 하기로 했습니다.

■

# 물건을 옮기기 전에
# 도면을 그려보기

■

이사업체를 고용하기 전 나는 새집으로 가서 모든 공간의 치수를 꼼꼼히 쟀습니다. 물론 중개업자가 제공하는 아파트 평면도에도 치수가 표기되어 있었습니다. 하지만 정확한 수치를 확보하는 것은 대단히 중요합니다. 일꾼들이 커다란 서랍장을 들고 계단을 올라왔는데 서랍장의 너비가 5센티미터 더 크다고 상상해보세요. 시간 낭비일 뿐 아니라 본인과 일꾼들 모두에게 매우 화가 나는 일이 아닐 수 없습니다.

그래서 나는 커다란 모눈종이를 한 묶음 사서 거기에 아파트 평면도를 그렸습니다. 그리고 새집에 들여놓고 싶은 가구들의 치수를 잰 뒤 모눈종이에 정사각형과 직사각형을 그렸습니다. 사각형마다 해당 가구의 이름을 적고 나서 오려냈지요.

그렇게 아파트 평면도에 여러 사각형을 이리저리 대보면서 새 방에 가구들을 쉽게 배치할 수 있었습니다. 물론 모든 종이 가구가 들어가는 방은 없었지만, 가져가기로 생각한 가구들 중 어느 것이 새집의 어디에 잘 맞는지 맞춰볼 수 있다는 점이 좋았어요. 새집에 맞지 않는 것들은 이미 처분한 것들과 같은 과정을 밟아 정리했습니다. 우선 자식들에게 묻고 그다음엔 중고품 매매업자, 그다음엔 친구들과 이웃들에게 물었습니다.

이사하기 전날 나는 필요 없거나 크기가 맞지 않는다고 판단해둔 것들을 이사업체 일꾼들이 운반하는 일이 없도록 두고 갈 것들을 하나하나 표시했습니다. 이것은 전입신고를 하고 각종 고지서가 올 주소를 새집으로 옮기는 것만큼이나 중요한 일이었습니다.

모든 것이 새집에 들어맞는다는 확신이 들자 이사하는 것은 쉬웠습니다. 나는 대단히 행복했고 흡족했습니다. 짐을 한번 옮기고 나서 나중에 다시 이것저것 옮겨 달라고 사람들에게 부탁할 필요가 없었기 때문입니다.

# 이사 시 우리가 주의할 것들

나는 10년 전 스웨덴 서해안에서 스톡홀름으로 이사
했습니다. 이사할 때 서두르지 않은 것은 올바른 결정
이었습니다. 나는 시간을 두어 천천히 이주를 계획하고
앞으로 어떻게 살 것인지에 대해 생각했습니다.

이사한 새 아파트 건물에는 수목과 꽃이 우거진 사랑

스러운 안마당이 딸려 있었습니다. 그리고 야외 좌석, 아이들의 놀이터, 자전거 거치대, 차고, 합리적 가격으로 며칠 빌릴 수 있는 손님용 아파트, 잘 설비된 세탁실을 두루 갖추고 대중교통을 이용하기에도 편리한 위치였지요. 집을 사거나 임대하기 전에는 본인이 어떤 편의시설을 중요하게 여기고 그런 시설이 주위에 있는지를 알아봐야 합니다.

앞으로 또 이사할 생각이 없다고 해도 여든을 넘긴 이상 내가 가진 물건들을 재점검하는 것은 나쁘지 않은 일입니다. 현재 나는 옷과 책을 너무 많이 가지고 있습니다. 또한 접시 열여섯 개는 6인용 식탁에 비해 지나치게 많습니다. 식탁보와 냅킨의 개수도 줄일 수 있을 듯합니다.

나는 작은 서류 파쇄기를 하나 구입해두었고, 더는 중요하지 않은 편지와 서류를 훑어볼 생각입니다. 한때 남편과 내가 운영했던 회사 서류, 기타 금융·재정 서류, 스테이플러로 찍어놓은 계산서·영수증 묶음 등이요. 그런데 데스클리닝을 하면서 하나 깨달은 것이 있습니다.

바로 내가 스테이플러를 싫어한다는 점이었습니다.

내 남편은 몹시 깔끔한 사람이었어요. 생전에는 그것이 장점이었지만, 지금 내게 스테이플러는 골칫덩이입니다. 나는 이 고약한 금속 조각들을 하나하나 제거해야 했습니다. 그래야 그것 때문에 내 소중한 파쇄기가 망가지지 않을 테니까요. 현재의 내 삶에 더 보탬이 되는 것은 테이프입니다. 종이를 스테이플러로 찍어둘 때는 이 점을 감안하시길.

# 어떤 것을 버리고
## 어떤 것을 남겨야 할까

나는 평생 그림을 그려왔습니다. 내가 그린 그림을 남과 나눌 수 있다는 것은 예술가가 누릴 수 있는 큰 혜택입니다. 나는 꾸준히 내 작품을 판매하거나 선물로 주었고, 그만큼 꾸준히 그림을 그려왔습니다. 삶의 규모를 축소해야 했을 때마다 내게는 눈에 차지 않는 그림들이 상당수 있었습니다. 수정 작업을 하려고 간직하고 있었는데 새집에는 그것들을 보관할 공간이 없었기 때문에 나는 그것들을 모두 태워버렸습니다.

평생 내 작품들을 처분하며 살아온 것이 어쩌면 다른 물건을 쉽게 쉽게 처분할 수 있었던 동인이었는지도 모릅니다. 우리가 평생 얼마나 많은 것을 축적하는지를 생각하면 놀랍기도 하고 좀 이상하기도 합니다.

## 1. 물건들

주방에 고급 커피 메이커, 고속 믹서기, 고성능 냄비, 프라이팬 같은 최신 생활용품이 즐비한데도 우리는 오래된 커피 메이커며 거품기, 냄비 등을 계속 간직합니다. 서랍장에는 10년 묵은 아이새도나 유행 지난 매니큐어가 있을 것이고, 약장에는 아무도 먹지 않는 비타민제와 기한이 지난 약품들이 수북합니다. 테이블보와 침구마저도 유행을 탑니다. 기존의 것들이 미처 낡기 전에 우리는 항상 새것들을 사들입니다.

작년에 유행한 짙은 색 목재와 대나무 재질의 식민

지 양식은 올해 유행하는 단정한 줄무늬의 노르딕 미니멀리즘 양식으로 바꿔줘야 할 듯한 분위기입니다. 이것은 분명 낭비입니다. 하지만 새것을 구입하기 전에 작년에 구입한 것들을 없애야 한다는 사실만 떠올리면 큰 문제는 되지 않습니다. 우리 모두에게 해당하는 이러한 과소비는 결국 우리의 지구를 파괴할 것입니다. 게다가 당신이 세상을 떠난 뒤 남겨질 사람들과의 관계까지 파괴할 필요는 없지 않은가요.

부엌·욕실용품 들을 낡은 스웨터 갈아치우듯 정리하는 대도시에 산다면 욕조며 개수대·변기로 가득한 거대한 쓰레기통 같은 거리는 흔한 풍경입니다. 새 집주인이 아파트에 다른 전등을 놓고 싶어 할 경우 모든 것이 또 바뀌잖아요. 고작 1, 2년 후에 말이에요!

하지만 나이가 여든을 넘었다면, 비슷한 연배의 지인들 중에 그런 대규모 실내 개조를 원하거나 그럴 만한 에너지를 가진 사람은 없을 것입니다. 사실 이 나이쯤 되면 램프의 위치도 잘 신경 쓰지 않습니다. 여기에 데스클리닝의 또 다른 장점이 있습니다. 재활용하는 삶,

더 단순한 삶, 조금 더 소박한 삶을 살기 위해 고민하게 됩니다. 더 소박한 삶은 우리에게 위안을 줍니다.

## 2. 의복

나이가 들수록 라이프스타일은 변해가고 그에 따라 필요한 의복도 변해갑니다. 스키복, 발레복, 잠수복은 이제 더 필요 없겠구나 하는 사실을 깨닫는 순간 우리는 그것들을 기꺼이 팔아버리거나 처분하겠지요.

사람들은 나이와 관계없이 많은 의복을 구매합니다. 필요해서가 아니라 잠시지만 행복해지기 위해서요. 의복을 구매하면 내가 더 나아지는 듯한, 더 매력적인 사람이 되는 듯한 느낌이 들 뿐 아니라 딱 어울리는 옷이 생겼다는 생각에 기분이 좋아집니다!

내 또래의 남자들은 옷이 너무 많아 애를 먹는 일이 거의 없습니다. 항상 입는 옷만 입습니다. 하지만 요새 젊은 남자들은 옷과 패션에 관심이 많은 듯합니다. 그래서 현대 여성들처럼 의복을 정리하는 데 어려움을 겪습니다.

요즘에는 도무지 무얼 고쳐서 쓰는 사람이 없는 듯합니다. 그러면서도 구멍이 뚫린 청바지는 가장 비싼 축에 들지요. 이제 신세대는 바느질과 수선하는 법을 배우고 그것이 우리 지구에 유익하다는 것을 깨달아야 합니다.

요즘은 중고 옷 가게들이 우후죽순 생겨나고 있습니다. 얼마나 멋진 일인가요! 심지어 '빈티지'라는 말로 불리고 있습니다. 집에 초대한 손님이 당신의 옷을 입고 있다면 기분이 어떨까요?

최근 나는 어떤 파티에서 젊은 사람들과 어울린 적이 있습니다. 한 여성이 대단히 멋진 원피스를 입고 걸어 들어왔습니다. 내가 옷을 칭찬했을 때 그녀는 그것이 중고 옷이라면서 뿌듯해했습니다. 마치 그 옷이 디오르라도 되는 것처럼요. 이렇게 사회는 변하는 중입니다. 아마도. 그러니까 우리 지구에는 희망이 있는 것입니다!

### 3. 아이들 옷

내가 어렸을 때, 당시에는 집집이 재봉사가 있었습니다. 우리 집도 그랬습니다. 앤더슨 부인은 가끔 찾아와서 나와 내 여동생의 신체 치수를 재고는 옷 치수를 수정했습니다. 그녀는 치수를 재려고 우리가 등교하기 전 이른 아침에 우리 집에 왔는데, 철마다 우리 집에 머물면서 며칠씩 작업을 했습니다.

나는 아이들을 키울 때 옷을 숱하게 수선했습니다. 깔고 앉을 마분지가 없어 아이들이 맨엉덩이로 언덕에서 썰매를 타는 바람에 겨울이면 바지를 수선하던 기억이 지금도 생생합니다.

아이들의 옷은 처분하기 힘들 때가 많습니다. 내 경우에는 아이들의 옷이 앙증맞고 귀엽기 때문에 그랬어요. 이제 키가 2미터에 육박하는 건장한 청년에게 조그만 셔츠를 보여주며 이게 네 것이었다고 말하면 그렇게 재미날 수가 없습니다.

훗날 그 2미터 청년이 아버지가 되었을 때 자기 아이가 그 옷을 입은 모습을 보면 분명 흐뭇하겠지요. 그리고 옛날 아이 옷이 요즘보다 질이 더 우수합니다.

나는 내 어머니가 내 자식들에게 만들어주셨던 옷을 기억합니다. 어머니는 손수건을 만들 때 쓰는 부드러운 옷감으로 아이들의 옷을 지었는데, 아기의 피부가 쓸리지 않게 모든 솔기를 겉으로 내었어요. 나는 손주 녀석들의 축복식에 대비해 그 옷들 중 몇 벌을 상자에 넣어 다락에 보관했습니다.

손주 녀석들이 태어나지 않았을 때는 그 상자를 이따금 꺼내놓고 게으른 자식들에게 내 의중을 전달했습니다. 효과는 있었어요. 현재 나는 여덟 명의 손주를 두었고, 다락에는 대기 중인 아기 옷이 한 벌도 없습니다. 하지만 식구가 적은 집은 아기 옷을 기부하는 것이 가장 좋겠지요.


## 4. 책

우리 가족은 책을 읽고 간직하는 것을 좋아합니다. 크리스마스 때 책 선물이 빠지면 실망할 만하지요.

책은 시간이 지날수록 팔기 어려워집니다. 그러므로

일단 없어도 괜찮은 책들을 선별한 다음 가족과 친구들에게 살펴보고 가져가게 합니다. 간혹 지인들이 메모를 적어 선물한 책들을 발견할 수도 있습니다. 이런 책들은 감정적인 이유로 처분하기가 어려워지기도 합니다. 그럴 때는 메모와 함께 책을 마지막으로 훑어본 뒤 나눠주기를 권합니다. 나는 중고 서적을 구매할 때 누군가가 메모를 써놓은 책을 일부러 찾기도 합니다. 메모는 책에 개성을 더해줍니다. 그러니 주저하지 말고 메모가 적힌 책들을 사람들에게 나눠줍시다.

예술이나 원예, 요리, 과학 같은 특정한 분야(나의 경우에는 해양 분야)의 책들을 가지고 있다면 관심이 있을 법한 사람을 수배해야 할 수도 있습니다. 대부분의 스웨덴 가정에는 읽고 즐기는 책 외에도 백과사전 전집이 책장에 꽂혀 있습니다. 요즘은 인터넷이 발달해 나는 이사할 새 아파트에 백과사전을 놓을 필요성을 느끼지 못했고 그럴 공간도 없었지요. 그래서 이사할 때 인근 학교에 전화를 걸었고, 그 학교에서 육중한 백과사전 스물여덟 권을 기꺼이 가져가주었습니다. 나는 기분이 좋아 책장까지 덤으로 주었어요.

현재 나는 아직 읽지 않았거나 반복해서 읽는 책들만 간직하고 있습니다. 내가 소장하는 책들은 예술 관련 서적이나 사전, 유의어 사전, 지도책 같은 참고 서적이 대부분입니다.

책을 처분할 때 가장 애를 먹은 것은 사실 《성경》이 었습니다. 지역 교회에 전화해보았지만 그들은 추가로 《성경》이 필요하지 않다고 했습니다. 가죽으로 장정된 오래된 물건이었는데도요. 그들은 내게 그것들을 어떻게 처리해야 하는지에 대해서도 의견을 주지 않았습니다. 그래서 나는 표지 안쪽에 나와 내 남편 선조들의 생몰년이 기록된 것 두 권만 남기고 나머지는 모두 처분했습니다.

이유는 모르겠으나 나는 그것이 몹시 마음에 걸렸습니다. 아마도 그 책들은 나와 관련이 있는 많은 사람(만난 적 없는 관계일지라도)에게 큰 의미가 있었을 테지요.

스톡홀름에서는 매년 8월 14일에 대규모 서적 판매

간혹 지인들이 메모를 적어 선물한 책들을
발견할 수도 있습니다.
그럴 때는 메모와 함께 책을 마지막으로 훑어본 뒤
나눠주기를 권합니다.

행사가 열립니다. 도심의 긴 거리를 따라 책을 판매하는 사람들의 탁자와 책 등이 즐비하게 들어섭니다. 책을 처분하려는 사람과 책을 더 소장하려는 사람 모두에게 더없이 좋은 날이지요. 사는 곳에 이런 행사가 없다면 직접 행사를 개최해보는 것도 좋을 것입니다.

# 주방용품은 물려주거나 나눠주기

내 딸애의 부엌에는 이런 말이 붙어 있습니다.

나는 요리보다 키스를 더 잘한다!

손님들을 위한 유용한 정보이자 확실한 경고인 셈입

니다. 좋든 나쁘든 다가오는 저녁에 놀랄 일이 많을 거라는 뜻이지요. 나는 유명한 셰프는 아니지만 요리하는 것을 좋아합니다. 평생 주방용품들을 많이 모았는데, 이제 앞으로 사용할 것들을 선별해야 할 때가 온 것 같습니다.

나는 아시아에 살 때 실용적이고 예쁘면서도 전에 본 적 없는 특이한 용품들을 구매했습니다. 예를 들어 입술을 데지 않고 뜨거운 수프를 떠먹는 데는 도자기 숟가락이 그만입니다. 코코넛 껍질로 만든 커다란 국자는 수프와 스튜를 뜨거나 샐러드를 덜 때 좋습니다. 대나무를 짜서 만든 작은 차 거름망은 날마다 사용하기에는 너무 연약하지만 대단히 아름답고 정교하지요. 이것들은 20년이 넘었는데도 여전히 매우 예쁩니다. 또한 누구든 쉽게 사용할 수 있고 유용하지요.

내게는 커다란 웍wok이 하나 있었습니다. 칠흑같이 검고 두께가 아주 얇은, 특히 아시아 음식을 요리할 때 쓰면 좋은 금속제 냄비였어요. 이러한 웍은 아기 다루듯 다루어야 할 뿐 아니라 쓰고 나서 매번 깨끗이 씻어 말려야 했습니다. 특히 날씨가 습할 때는 녹슬지 않게 기름을 약간 발라주어야 했지요.

예전에 싱가포르에서 다과회에 초대된 적이 있습니다. 모든 참석자는 의무적으로 모자를 써야 하는 자리였어요. 나는 20년 동안 모자를 쓴 적이 없었기 때문에 쓰고 갈 모자가 없었습니다. 어떡해야 할지 난감했습니다. 그때 가스스토브 위 못에 걸려 있는 내 웍이 보였습니다. 나는 웍을 머리에 쓰고는 앞쪽 테두리에 난초를 테이프로 붙여 장식한 뒤 거친 노끈으로 묶어 턱에 고정시켰습니다. 믿거나 말거나 그날 나는 베스트 드레서로 선정되었고 '쇼킹'이라는 스키아파렐리의 아름다운 향수 한 병을 부상으로 받았습니다. 와우!

그 웍은 내 아들네 가족이 기꺼이 빼앗아 갔습니다. 아들네 가족은 요리하는 것을 즐기는데, 이 웍으로 만든 음식은 특별히 더 맛있을 것 같은 생각이 듭니다. 게다가 아들네에는 가스스토브가 있기 때문에 이 웍은 원래 용도대로 직화 요리에 사용될 터였습니다. 물론 야외에서도 사용하겠지요.

나는 아들네 집이 내 소중한 웍을 잘 써먹을 적당한 환경이라는 확신이 들어 그것을 선뜻 내주었습니다. 내 물건이 정착할 새집을 관찰하는 것은 일터에서 일을 하는 것만큼이나 중요합니다. 받는 사람의 취향이나 그 사람이 사는 공간에 맞지 않는 것은 제안해서는 안 됩니다. 그들에게 부담만 지우게 되는 꼴이니까요. 상대는 당신의 기분이 상할까 봐 "고맙지만 괜찮아요"라고 말하지 못할 수도 있습니다.

팔거나, 자선 단체에 기부하거나, 내버리지 않을 물건이라면 어떤 집에 알맞을지 신중히 결정하는 것이 주는 사람과 받는 사람 모두를 만족시키는 길입니다. 물건이 잘 쓰일 곳을 파악해서 새집을 찾아주는 것은 기쁜 일입니다.

주방용품의 데스클리닝은 두 가지 경우로 나누어 진행합니다. 먼저, 더 작은 집으로 이사할 경우에 그곳의 수납공간을 고려해야 합니다. 이사하지 않더라도 잘 쓰지 않는 접시, 유리잔, 머그잔, 포크 등이 많다면 데스클리닝이 필요합니다.

앞으로도 손님을 초대해 즐거운 시간을 가질 생각이라면 접시를 식탁 크기와 손님 수에 맞춰 갖추기를 권합니다. 나이프와 포크, 유리잔, 컵도 마찬가지입니다. 식탁을 장식하고 싶다면 명도와 색상이 제각각인 접시와 천 냅킨 대신 꽃이나 종이 냅킨을 사용합니다.

참고로 나는 일본제 도자기 접시를 사용 중인데 나중에 자식들에게 물려줄 생각입니다. 더 단순한 모양의 접시와 여분의 유리잔은 이미 자선 단체에 기부했습니다.

## 1. 요리책과 요리법

지금보다 더 큰 주방을 썼던 시절, 나는 요리책들을 따로 모아놓은 책장을 가지고 있었습니다. 하지만 요즘은 주로 인터넷에서 요리법을 찾아봅니다. 만들고 싶은 요리의 이름을 구글에 치면 몇 가지 검색 결과가 죽 뜨는데, 늘 한 번도 본 적 없는 군침 도는 사진이 딸려 있더군요. 정말 놀라웠습니다!

지금 내가 가진 요리책은 단 두 권뿐입니다. 뭔가를 만들려고 할 때 손에 쥐고 생각해가면서 페이지를 넘

나는 유명한 셰프는 아니지만
요리하는 것을 좋아합니다.
평생 주방용품들을 많이 모았는데,
이제 앞으로 사용할 것들을
선별해야 할 때가 온 것 같습니다.

길 수 있는 '진짜 책' 말입니다. 한 권은 오랜 세월에 걸쳐 내가 만든 책으로, 친구와 친척 들에게 귀동냥했거나 신문에서 스크랩한 요리법으로 가득합니다. 이 요리법들은 시간을 너무 잡아먹거나 케이크와 과자를 굽는 방법이라 이제는 대부분 써먹지 않고 있습니다. 장시간 주방에 서 있는 것이 힘에 부치는 데다 과자광은 고사하고 과자를 별로 좋아하지 않기 때문입니다. 물론 아이들은 과자를 좋아하지만요.

그래도 보석 같은 비법 몇 개는 남아 있습니다. 내 어머니의 미트로프(다진 고기와 양파를 빵 모양으로 빚어 오븐에 구워낸 것-옮긴이), 시어머니의 야심작 가펠카코(위에 포크 모양이 찍힌 일종의 쇼트브레드), 예전 이웃 안드레아의 로즈힙 마멀레이드 등등이 그렇지요. 이것들은 대단히 훌륭하거나 흔하지 않아서 누군가는 흥미를 느낄 만한 요리법입니다. 혹은 추억이 어린 요리라서 내가 사랑하는 사람들이 주방에서 시도해볼 만한 것이거나요.

그 외 남겨둔 비법들 중 세 가지는 오래전 아버지의

주방 서랍에서 발견한 것들인데, 내가 어렸을 적 함께 살았던 우리 집 요리사가 직접 손 글씨로 단정하게 적은 요리법들입니다. 그녀는 대단히 친절한 사람이었습니다. 그녀가 허락해줘서 부엌에 앉아 빵 굽는 것을 구경했던 기억이 아직도 생생합니다. 그녀는 내게 건포도를 주곤 했는데, 잠시만이라도 내 입을 다물리고 싶어서 그랬을 것입니다. 그녀가 남긴 요리법은 세 가지입니다. 피클, 청어 튀김, 프렌치 스테이크. 그 외 다른 요리법은 그녀의 머릿속에 착실히 보관되어 있었습니다.

두 번째 요리책은 우리 가족이 6년간 싱가포르에서 지낼 때 나와 여러 친구의 요리법을 모아 발간한 것입니다. 판매 수익금은 기부했습니다. 너덜너덜해진 이 요리책에는 전 세계 여성들(남자 한 명을 포함해)이 제공한 알찬 요리법들로 가득합니다. 남아메리카의 세비체(해산물을 얇게 저며 레몬즙이나 라임즙에 재운 후차갑게 먹는 음식-옮긴이), 스웨덴 베름란드 지방의 케이크, 완벽한 싱가포르슬링(진에 체리 브랜디와 레몬주스를 넣은 새콤달콤한 칵테일-옮긴이) 제조법 등이 포함되어 있습니다(내 입맛에는 식료품실의 재료를 몽땅 넣어 만든 맛인데 많은 사람이 두루 좋아하는 것 같습니다!).

그 밖에 멕시코풍 과자, 옛 체코슬로바키아 지방의 흑빵 등도 있습니다. 이 책에 비법을 제공한 사람들은 손님을 자주 초대해 고국의 대표 음식을 자랑스럽게 내놓곤 했습니다. 그렇게 요리법의 보고는 탄생했지요. 나는 이 책을 훑어보면 아직도 전 세계 맛 여행을 떠나는 기분이 듭니다. 그리고 어느새 당시 내 삶을 수놓았던 멋진 사람들에 대한 추억에 젖지요.

가족과 함께 스웨덴의 해안 지방 보후슬렌(내 고향입니다)으로 돌아왔을 때 나는 이 고장 여성들이 남몰래 소중히 간직해온 오래된 요리법을 모아볼까 하는 생각을 했습니다. 이 고장에서 나는 재료를 이용해 대대로 내려온 요리법으로 요리를 해보자는 생각이었습니다. 나는 이제 그런 일에 쏟을 시간이 없지만 누군가가 이 책을 읽고 힌트를 얻어 나 대신 그 일을 시작할 수도 있지 않을까요. 지금 당장 말이에요!

그간 나는 쉽게 쉽게 요리책들을 처분해왔습니다. 오랫동안 유용하게 써먹은 책도 예외가 아니었어요. 내가 계속 간직하며 즐기고 싶은 것은 사적인 요리법과 사연들이었습니다.

내가 보후슬렌에 거주할 때 이웃에 '안드레아'라는 친구가 살았습니다. 어부였던 남편과 사별한 안드레아는 다재다능한 과부였고, 훌륭하고 다정한 친구였습니다. 나는 그녀를 꽃이 핀 층층나무로 표현해 그림을 한 점 그렸습니다. 목련나무 같아 보이기도 했지만 크기가 더 크고 꽃이 더 빽빽했습니다. 강하고 아름다운 나무. 네. 안드레아는 바로 그런 사람이었습니다. (그녀는 훌륭한 요리법을 많이 알고 있었는데 그중 몇 가지를 뒷장에서 공유하고자 합니다.)

어느 날 오후, 안드레아는 자기가 만든 레드비트 세리주를 맛보라며 나를 초대했습니다. 그녀의 세리주는 아름다운 호박 빛깔에 아주 부드럽고, 따뜻하고, 환상적인 맛이 났습니다. 그날 그녀는 어부 남편을 잃은 과부들의 관습에 대해 이야기해주었습니다.

그녀는 남편이 죽은 뒤 매일 아침 오트밀 죽 한 그릇을 남편의 고깃배가 정박해 있던 곳에 가져다 둔다고 했습니다. 그러면 갈매기가 금세 나타나 그녀가 가져다 놓은 죽을 먹어치운다고 합니다. 그녀는 그 새가 죽은 남편의 영혼이라고 말했습니다. 그날 이후, 나는 갈매기를 볼 때마다 그 말이 떠오릅니다.

내 남편은 초여름의 화창한 날에 묻혔습니다. 원피스 차림의 꼬맹이 손녀들은 몹시 진지했고, 손자 녀석들은 야트막한 담벼락 위에 올라가 섰습니다. 누군가 스웨덴의 작가이자 시인 프란스 G. 벵트손Frans G. Bengtsson의 시를 낭송했습니다. 남편은 벵트손을 열렬히 좋아했습니다. 〈가젤A Gazelle〉이라는 시는 이렇게 끝납니다.

갈매기는 쉬러 가는 길을 알지.
지구상 인간의 마음으로는 아직 알 수가 없지만.

남편의 무덤 옆 자갈길에 젊은 갈매기가 한 마리 천천히 걸어갔습니다. 나는 웃지 않을 수 없었습니다.

# 로즈힙 마멀레이드

### 재료
로즈힙 열매: 1kg

물: 600mℓ

식초: 150mℓ

설탕: 500g

정향: 5~10개

으깬 계피 막대: 1개

1. 로즈힙 열매를 반으로 자른 뒤 작은 스푼으로 속
   을 파낸다.
2. 물에 설탕과 식초, 정향, 계피를 넣고 가열한다.
3. 물이 끓으면 깨끗이 씻은 로즈힙 열매를 넣고 계
   속 끓이다가 열매가 말랑해지면 불을 끈다.
4. 정향과 계피 찌꺼기를 걸러낸 후 통에 넣고 뚜껑
   을 닫는다. 냉장고에 보관할 필요는 없다.

# 레드비트 셰리주

---

## 재료
물: 4ℓ

레드비트: 1kg

설탕: 2kg

건포도: 250g

이스트: 100g

호밀빵(혹은 다른 빵): 2조각(흰 빵은 사용 금지)

1. 레드비트를 물에 넣고 무를 때까지 끓인다.

2. 레드비트 끓인 물을 용기에 담고 설탕과 건포도
   를 추가한다.

3. 빵 조각에 버터를 바르듯 이스트를 바른다.

4. 빵 조각을 레드비트 물 위에 띄운다.

5. 뚜껑으로 봉하고 한 달 정도 숙성시킨다(일주일
   에 한 번 정도 흔들어준다).

6. 체에 거른 후 병에 부어 맛있게 마신다!

# 보후슬렌식 치즈케이크

---

## 재료

우유: 4ℓ

더블크림: 600mℓ

버터밀크: 400mℓ

달걀: 8~10개

설탕: 50mg

1. 모든 재료를 큰 냄비에 넣고 천천히 가열하면서 주걱으로 계속 바닥을 젓는다(끓지 않도록 조심한다).

2. 뭉글뭉글 덩이지기 시작하면 냄비를 불에서 내려 5~10분 정도 식힌 뒤 다시 불에 올려 위의 과정을 한 번 더 반복한다(이번에도 끓지 않게 유의한다).

3. 체로 내용물을 떠서 치즈케이크 틀이나 케이크 팬에 붓는다. 치즈케이크 틀이나 케이크 팬에는

액체가 빠지도록 작은 구멍이 나 있다. 국자로 각 층을 올릴 때마다 설탕을 살살 뿌린다. 사이에 설탕을 뿌리지 않고 층을 쌓아 올려도 괜찮다. 네 시간 동안 놔둔다.

4. 설탕을 뿌리지 않은 것은 절인 청어나 훈제 연어를 곁들여 먹으면 좋다. 설탕을 추가한 것은 블랙베리 잼과 디저트로 먹으면 그만이다.

■

# 구매 욕구를 억누르고
# 물건을 감상하라

■

　나무로 만든 아프리카 새 같은 아름다운 물건, 노래하는 돼지 자석 같은 신기한 물건, 손을 흔드는 곰 태양전지 같은 재미난 물건은 모두 내가 좋아하는 것들입니다. 나는 정말이지 물건에 약합니다. 이것을 깨닫기까지 오랜 시간이 걸렸습니다. 하지만 물건은 소유하지 않고도 얼마든지 즐길 수 있습니다. 가끔 소유욕을 참기 힘들 때가 있을지라도 구매하지 않고 그저 감상하겠다며 스스로를 수양하는 것은 대단히 멋지고 훌륭한 일입니다. 세상 모든 것을 다 가질 수는 없으므로 차라리 모든 것을 소유하려는 욕망을 버리려고 노력하는 편이 더 낫습니다.

위에서 언급한 것은 모두 작고 버리기 쉬운 물건입니다. 어느 집의 점심 식사에 초대되면 꽃이나 새 선물을 사 가는 대신 집주인에게 우리가 가진 물건 중 하나를 주는 건 어떨까요.

인테리어 잡지를 읽다 보면 몹시 지루해질 때가 있습니다. 잡지에 실린 집들의 가구가 같은 상점에서 구매한 양 천편일률적일 때가 많기 때문입니다. 무채색에 단순하고 완벽하며 아무런 매력이 없습니다. 너무 많은 장식품이 단순하게 혹은 이상하고 작위적인 구성으로 나열되어 있습니다. 과연 그것들의 먼지를 닦는 사람이 있을지 의심스럽습니다.

하지만 배울 점이 수두룩한 집도 많습니다. 가구가

드문드문 배치된 아름답고 실용적인 집들. 진정으로 영감을 주는 집들은 깨끗하게 관리하기 쉬운 집들입니다. 나는 이런 방을 보면서 배울 점을 찾습니다. 그러면서 내 집 거실을 떠올리면 처분할 것들이 몇 가지 떠오를지도 모릅니다.

## 숨겨뒀던 물건들은
## 은밀한 데스클리닝을

내 아버지는 이사를 앞두고 몇 가지 걱정을 했습니다. 의사였던 아버지는 환자들의 진료 기록을 진료소에 보관하고 있었습니다. 그것들은 컴퓨터가 없던 시절 아버지가 손 글씨나 레밍턴 타자기로 작성한 것으로, 안전하게 처분되어야 마땅했습니다. 컴퓨터가 없었던 덕에 아버지는 그 기록들을 손쉽게 파기할 수 있었습니다. 우리는 시골집의 낡은 기름 드럼통 안에 서류를 몽땅 넣고 소각했습니다.

또 다른 문제는 아버지의 책상 서랍 뒤편에 있는 꾸러미였습니다. 그 꾸러미에서 커다란 비소 덩어리가 나왔습니다! 그것은 독일의 침공을 걱정하던 시절 이후 30년간 거기에 보관되어 있었습니다.

왜 아버지가 그것을 그렇게 오랫동안 보관했는지는 이해가 가지 않습니다. 십중팔구 그냥 잊어버렸을 테지요. 약간의 독극물을 보유하는 것은 나쁘지 않다고 판단했거나요. 내가 비소를 약사에게 넘겨주자 약사는 황당한 표정을 지으면서 그것을 처분해주었습니다.

또 나는 부모님의 집을 청소하다가 당황스러운 것을 발견했습니다. 어머니는 리넨을 보관하는 큰 수납장을 가지고 있었습니다. 갓 다림질된 수건과 냅킨을 골고루 사용하도록 수납장 아래쪽부터 차곡차곡 쌓아두었지요. 그런데 주름을 잡은 베갯잇 리본 뒤에 어머니의 악습이 자리 잡고 있었습니다. 바로 담뱃갑이었습니다.

그게 왜 악습이냐는 질문에는 그다지 유익하지 않은 습관이기 때문이라고 대답하고 싶습니다. 남몰래 홀짝홀짝 비운 진과 위스키 술병들이 옷장 안에 가득한 사람들도 있습니다.

이렇듯 누군가 죽고 나면 사람들의 입방아에 오르기 좋은 것들이 많이 발견됩니다. 할아버지의 옷장 서랍에서 여성의 속옷이 나오기도 하고, 할머니의 서랍에서 성인용품이 나오기도 합니다. 하지만 이제 와서 그게 뭐가 중요한가요? 그들은 이제 우리 곁에 없고, 우리가 좋아한 사람이었다면 그것으로 된 것이죠. 누구나 각자의 취향이 있는 법이니까요. 남에게 피해를 주지 않는 이상 말입니다.

하지만 지금 우리가 자기 물건들을 데스클리닝한다면 그 행위 자체가 훗날 우리를 대신해 데스클리닝을 할 사랑하는 사람들에게 좋은 선물이 될 것입니다.

남들에게 보이기 부끄러운 물건이 있다면 아끼는 것 딱 하나만 남기되 다른 열다섯 개는 버리십시오! 당신이 세상을 떠난 뒤 가족이 충격을 받거나 화낼 소지가 있는 물건들은 간직해서 좋을 게 없습니다. 훗날 후손들을 부끄럽게 만들 만한 정보나 집안의 내막이 담겨 있지 않다면 편지나 문서, 일기는 보관해도 좋습니다.

현재 우리 사회는 누구나 비밀을 가질 권리가 있다고 여기는 듯한데, 나는 그것에 동의하지 않습니다. 사랑하는 사람들에게 상처를 주거나 불행을 초래한다고 생각되는 비밀은 반드시 파괴해야 한다고 생각합니다. 화톳불에 던지거나 파쇄기에 넣어야 합니다.

# 공구는 꼭 필요한 것만 남긴다

정리하는 데 시간이 오래 걸릴 것으로 예상한 공간 중에는 남편의 공구 창고도 있었습니다. 같이 사는 사람이 목수, 미장공, 배관공, 수리공의 역할을 두루 해준다면 대단히 편리합니다. 생활 기술자를 쉽게 수배할 수 있는 대도시에서 멀리 떨어져 사는 경우에는 특히 더 그렇습니다. 외딴곳에 사는데 항상 전문가에게 도움을 요청해야 한다면 값비싼 대가를 치를 수 있습니다. 우리 가족이 오랫동안 그랬습니다.

자전거·보트·원예용품은 다양한 공구뿐 아니라 그것들을 유지·관리하는 노력도 필요합니다. 새로운 공구를 구입해야 할 이유는 끝이 없으며 (적어도 내 세대와 이전 세대의) 남자들은 기회만 있으면 철물점으로 들어가는 것 같습니다!

하지만 진실을 인정합시다. 집 안에 꼭 공구를 즐비하게 갖추고 살 필요는 없습니다. 내 자식들 중에도 도시의 작은 아파트에 세 들어 살면서 언젠가는 필요할지 모른다며 오래된 볼트와 너트, 나사못, 구부러진 못, 설비물을 수납장에 한가득 보유한 이가 있습니다. 하지만 벌써 수년째 그 수납장의 문은 아예 열지도 않고 있지요.

자식들이 집을 떠난 후(내 아이들은 오두막이며 뗏목, 작은 짐수레 등 무언가를 만들기를 좋아해서 특별한 공구가 꼭 있어야 했습니다. 스웨덴에서는 그런 이를 가리켜 '로드빌lådbil'이라고 부르지요) 남편은 날마다

많은 사람이 물건을 사용할 때보다
정리할 때 더 큰 기쁨을 느낀다는 사실을 아시는지?
적어도 나는 그렇습니다.

수많은 공구를 정리하고 점검했습니다. 남편의 스니카르보드snickarbod(공구 창고를 뜻하는 스웨덴 말)는 점차 오늘날 '남자의 동굴'이라고 불리는 곳이 되어갔습니다. 요즘 스웨덴에서는 공구 창고를 '만스다기스mansdagis'라고 부르기도 한답니다. '남자의 놀이터'라는 뜻인데, 꼭 맞는 말 같아서 들으면 웃음이 나옵니다.

많은 사람이 물건을 사용할 때보다 정리할 때 더 큰 기쁨을 느낀다는 사실을 아시는지? 적어도 나는 그렇습니다. 그리고 그런 정리벽을 높이 삽니다.

남편의 공구 창고를 점검해보니 끌, 레벨, 회전식 해머, 펜치, 쇠톱, 숱한 나사못 등 모든 것이 아름답게 정리되어 있었습니다! 펌프며 밸브 고무, 자전거용 윤활유마저도요. 전율이 일 정도였습니다! 잔디깎이는 기름칠과 연마 작업이 필요했고 보트는 사포질과 페인트칠을 비롯해 여러모로 손을 봐야 했지만 대체로 남편에 의해 꼼꼼하고 세심히 관리된 상태였습니다.

대충 정리된 물건들이 상자 몇 개에 담겨 있었지만 대부분 벽에 그려진 공구 모양의 윤곽선에 맞게 제자리에 착착 걸려 있었는데 그렇게 하면 누군가 공구를 빌렸다가 제자리에 갖다 두지 않을 경우에 눈치채기가 쉬웠습니다. 내 남편은 그야말로 정리의 신이었습니다.

만약 내가 공예가의 꿈을 꾼 적이 있다면 내 남편의 공구 창고에 영감을 받았을 가능성이 큽니다. 남편의 공구 창고에서는 돌, 금속, 콘크리트 조각에서 시작해 목공예 작품을 만들거나 여러 엔진을 연결하는 특별한 작업까지 모두 가능했습니다. 필요한 것은 전부 공구 창고에 있었고, 보증서와 사용 설명서도 한데 묶여 정리되어 있었습니다.

하지만 나는 그런 쪽으로는 별 욕심이 없어서 그렇게 시간을 보내고 싶은 생각은 들지 않았어요. 그래서 혼자 소소하게 수선 작업을 할 때를 대비해 해머 하나, 펜치 몇 개, 드라이버 한 세트, 자 하나를 골랐습니다. 그림이나 선반, 수건걸이, 옷걸이를 벽에 박는 것은 적절한 공구만 있다면 그리 어렵지 않은 일이니까요. 나이가 아주 많아도 얼마든지 가능합니다.

스웨덴에서 공구는 비싼 편에 속하기 때문에 내 자식

들은 다른 공구들을 가져갔고, 자식들의 친구들도 나머지 공구들을 나누는 데 기꺼이 동참했습니다. 청년들을 초대해서 직접 물건을 선택하도록 한 것은 큰 효과가 있었습니다. 그들은 각자 자신의 동굴을 짓기 시작했고, 내 남편의 공구 창고는 즉시 비워졌습니다.

남편의 공구 창고를 비우는 일은 실질적으로도 감정적으로도 쉽게 이루어졌습니다. 나는 애초에 그 공구들에 애착이 없는 데다 그것들은 원래 남편의 소유물이었기 때문입니다. 남편의 물건들 중에 유대감이 느껴지는 물건도 많았지만, 물건에 얽힌 추억에 젖어 데스클리닝을 멈추거나 늦추는 일은 한 번도 없었습니다. 하지만 남자들이 자기 공구 창고를 데스클리닝하는 경우라면, 글쎄요······. 몇 년씩 걸릴 가능성도 있지 않을까요? 이 경우 어떻게 해야 하는지 나로서는 딱히 복안이 없습니다.

# 갖고 있기도, 버리기도 어려운 선물들

부모님이나 누군가가 집의 물건을 처분하면서 당신에게 원치 않는 것을 떠안기려 할 때는 고맙지만 둘 곳이 없다며 솔직하게 말하고 사양해야 합니다. 원치 않는 물건이 누군가의 집에서 당신의 집으로 이동하는 것은 누구에게도 좋은 해결책이 아닙니다.

어쩌다 원치 않는 물건을 받았을 때는 내가 이용하는
대처법을 따라도 좋습니다. 그럴 때 나는 얼마 동안 그
물건을 집의 구석에 둡니다. 그러면 그것을 준 사람이
내 집에 왔을 때 자기 물건이 내 집에서 자리 잡았다는
것을 확인하고 기뻐합니다. 그 후 그 물건에 싫증이 날
때쯤 그것을 처분합니다. 자선 단체에 보내거나 나보다
그 가치를 더 인정하는 사람에게 주는 것입니다.

하지만 앞일은 장담할 수 없습니다. 처음에는 좋아하
지 않았지만 점차 소중해져서 지금까지 보물로 간직하
는 물건들이 몇 개 있기 때문입니다. 가끔 우리의 취향
은 처음과 달리 성숙해지기도 합니다.

나 역시 어떤 물건을 계속 간직하지 않을 듯한 사람
에게 줄 때가 있습니다. 남에게 준 물건의 행방을 계속
확인하는 사람이 있을까요? 적어도 나는 그러지 않습니
다. 물건은 언젠가는 망가지게 되어 있습니다. 팝콘 기
계도 영원히 작동하지는 않습니다. 나는 선물받은 물건
을 더 간직하지 않게 되더라도 죄책감을 느끼지 않습니
다. 이것은 선물을 받을 때 감사하고 행복한 마음을 갖

는 것과는 별개의 문제입니다. 감사하는 마음은 그 물건이 아니라 그것을 준 사람에게 연결되어 있기 때문입니다.

나는 수납장에 못마땅한 물건들만 따로 보관하는 사람들을 알고 있습니다. 스웨덴에는 '풀스콥fulskåp'이라는 말이 있습니다. 풀스콥은 선물받았지만 쳐다보기는 싫고 남에게 줄 수도 없는 물건들로 가득한 수납장을 뜻합니다. 대개 먼 친척들에게서 받은 선물들이 들어 있는데 그것을 준 사람이 집에 찾아왔을 때를 대비한 것입니다.

하지만 이것은 나쁜 방법입니다. 친척들은 자기가 선물한 물건이 집에 있는 것을 보고 비슷한 것들을 계속 선물할 것이기 때문입니다! 게다가 자기가 무엇을 언제 누구에게 주었다는 것을 기억하고 계속 확인하는 사람도 있을 수 있습니다. 그러니 마음에 들지 않는 물건은 그냥 처분합시다.

# '수집'이라는 이름하의 저장강박증

우리는 항상 무언가를 수집합니다. 그렇지 않나요? 나뭇가지와 통나무는 불쏘시개로 쓰려고 모으고, 산딸기와 채소 뿌리는 먹으려고 모읍니다. 하지만 단순히 재미로 무언가를 수집하는 것은 완전히 다른 이야기입니다. 나는 고향인 스웨덴 서해안에서 살 때 조개껍데기를 주워 모았습니다. 그중에 몇 개는 외국에서 가져온 것들과 함께 용기 안에 넣어 아직도 보관하고 있습니다. 눈도 즐겁고 손에 쥐면 기분이 좋아지는 아름다운 물건입니다. 내가 어렸을 때 우리 가족은 배지며 병뚜껑, 성냥갑, 축구 선수와 영화배우 사진 등을 수집했습니다. 전쟁이 끝난 후 1940년대에 다시 수입되기 시작한 오렌지의 예쁜 포장지를 모았던 기억도 납니다. 아주 오랫동안 오렌지나 바나나는 구경하지 못했던 터라 그럴 만도 했지요.

우리는 책갈피도 모아두었다가 쉬는 시간에 반 친구들이나 다른 아이들의 것과 교환하기도 했습니다. 나는 아주 크고 예쁜 책갈피를 하나 가지고 있었는데, 같은 반 남자애한테 내게 키스하면 그것을 주겠다고 제안한 적이 있습니다. 당시에 나보다 네 살이 더 많았던 친한 언니가 여러 남자아이에게 키스를 받았다고 항상 자랑을 하는 바람에 지기 싫어서 그랬던 것 같습니다. 하지만 내가 선택한 상대는 끝끝내 내게 키스하지 않았고, 사랑스러운 책갈피는 내 곁에 남았습니다. 차라리 잘되었다고 생각합니다. 나중에는 수집에 더 신중해졌습니다. 노력하는 사람들에게 우표 수집은 수익성도 꽤 좋고 유익한 취미입니다.

오래전 재미난 사람이 이웃에 산 적이 있습니다. 그는 자기 집 지하실에 구멍 난 타이어, 썰매, 아기 요람 등등 온갖 잡동사니를 모아뒀는데 시간이 흐르면서 그 집 창고는 물건들로 꽉 차게 되었습니다. 그 집 안주인은 집 반대편에 뒷문이 하나 있고 그 문이 지하실로 이어진다는 것을 발견하고는 가끔씩 지하실에서 물건들을 몇 개씩 꺼내 쓰레기장에 내버렸습니다. 덕분에 그녀의 남편은 물건들을 지하실에 계속 끼워 넣을 수 있었지요.

올해 여름 나는 인근 벼룩시장에서 물건들을 파는 한 여성을 만났습니다. 그녀와 그녀의 남편은 이사를 앞두고 있었는데 주방 서랍을 살펴보다가 여러 물건 속에서 치즈 써는 기구를 열두 개나 발견했다고 말했습니다. 일부러 그렇게 모은 것이 아니라 부주의함이 일으킨 참사였지요.

한번은 달걀 컵을 수집하는 남자에 관한 기사를 읽은 적이 있습니다. 그야말로 수집광인 그는 전 세계 각지의 공장에서 만든 달걀 컵을 1,000개나 가지고 있었습니다. 오직 달걀 컵만. 놀라웠습니다!

어릴 적 내게는 사랑스러운 유모가 있었습니다. 그녀는 컵 받침을 갖춘 커피 잔 세트를 수집했는데 루터교 목사와 결혼한 뒤에는 일요일 예배 후 잔을 모두 내와 교구 신도들에게 교회 커피를 따라주었습니다. 이렇듯 방대한 양의 수집은 때때로 유용하기도 하지만 또 한편으로는 당신과 당신 가족에게 부담으로 작용하기도 합니다. 가족이 원치 않는 수집물을 처분하고 싶을 때는 인터넷에 올려 구매자를 찾아보는 것도 좋습니다.

진지한 수집가는 특정 분야의 물건을 즐겁게 수집하고 수집한 물건을 체계적으로 관리하며 전체 컬렉션에서 빠진 것을 수배합니다. 그 컬렉션은 다른 사람들도 행복하게 만들 것입니다. 박물관을 생각해봅시다. 박물관 소장품들은 부지런한 수집광들이 만들어낸 업적이 아니던가요?

그러나 아무런 의미도 목적도 없이 물건과 서류를 무작정 쌓아두는 사람들은 어쩌면 2, 3년 전에 진단된 질병에 휘둘리고 있을 가능성이 있습니다. 이 사람들은 발 디딜 틈이 없을 정도의 무수한 물건들로 집 안을 가득 채웁니다. 저장강박증은 가정생활에도 인간관계에도 큰 지장을 초래할 수 있습니다.

불행히도 이런 사람들에게는 해줄 만한 마땅한 조언이 없습니다. 다만 저장강박증은 치료를 받으면 나을 수 있습니다. 하지만 의사도 도움이 되지 않는다면 때가 되었을 때 커다란 컨테이너를 주문하는 수밖에요.

# 정원이 없어도 얼마든지
# 식물을 감상할 수 있다

사람들은 대부분 취미를 가지고 있습니다. 즐거운 일은 매일 하고 싶게 마련입니다. 좋아하는 일을 직업으로 가진 행운아가 아닌 다음에야 대부분은 시간이 날 때마다 짬짬이 취미 생활을 하지요.

예전 집에서 살 때 나는 정원 일을 좋아했습니다. 식

물들 속으로 들어가 그것들을 바라보며 한데 어우러지는 시간이 내게는 기쁨이었습니다. 시간 가는 줄 모르고 가지치기를 하고, 잡초를 뽑고, 옮겨 심고, 예쁜 꽃을 갓 피운 식물에 그저 기뻐했습니다. 정원은 언제나 모험과 기대감으로 가득했습니다.

여름철이면 그릇 한가득 산딸기를 땄고, 햇볕에 달궈진 토마토나 오이를 따서 통째로 손주들에게 나눠주곤 했습니다. 안타깝게도 그 즐거운 순간들은 마당 없는 집으로 이주하면서 사라지고 말았습니다.

정원을 가꾸던 시절, 내겐 정원용 도구가 많았습니다. 스웨덴 말로 '레드스캅스보드redskapsbod'라고 불리는 원예 창고 안에 갈퀴며 삽 등을 모두 보관했지요. 정원이 없는 집으로 이사 가게 되었을 때 나는 새 집주인을 위해 그 도구들을 창고 안에 그대로 남겨두었습니다. 그들은 훌륭한 도구를 갖게 되어 기뻐했고, 나는 내 정원을 아름답고 생기 있게 가꾸려는 열의가 있는 사람들에게 그것들을 넘기게 된 것에 만족했습니다.

다행히 집에 발코니나 창가 화단 혹은 햇빛이 잘 드

는 창턱이 있는 사람은 다년생 식물을 길러볼 만합니다. 나는 담쟁이덩굴 하나와 인동 식물을 몇 개 기르고 있는데, 이것들은 11월에 햇빛이 고작 몇 시간밖에 들지 않는 이 혹독한 북유럽 날씨에 겨울 피복을 씌워주지 않아도 여러 해 동안 화분에서 잘 견뎌주었습니다. 밤새 식물이 얼어 죽을 걱정이 없는 봄철이면 나는 피튜니아, 물망초, 바이올렛 같은 여름꽃이나 바질, 백리향, 파슬리 같은 허브 식물을 나의 작은 발코니 정원에 추가합니다.

내가 사는 아파트 건물에는 정원 일을 좋아하는 사람들, 즉 '정원파'가 있습니다. 이 멤버들은 공동 마당의 식물들을 가꿉니다. 정원 가꾸기를 좋아하는 사람은 누구나 공동 마당에서 한몫을 담당할 수 있습니다.

우리 아파트 건물 정원에는 산울타리와 꽃 피는 관목 외에도 봄철에 너무나 아름답게 꽃을 피우고 달콤한 열매를 맺는 체리나무들도 있습니다. 여러해살이식물들도 있는데 이들은 사시사철 꽃을 피웁니다. 장군풀을 비롯해 샐비어, 백리향, 로즈메리, 골파, 레몬밤 같

정원이 없는 집으로 이사 가게 되었을 때 나는 새 집주인을 위해
그 도구들을 창고 안에 그대로 남겨두었습니다.
그들은 훌륭한 도구를 갖게 되어 기뻐했고,
나는 내 정원을 아름답고 생기 있게 가꾸려는
열의가 있는 사람들에게 그것들을 넘기게 된 것에 만족했습니다.

은 허브 식물도 있지요. 정원파 멤버나 아파트 입주민이면 누구나 허브를 뜯어 요리에 쓸 수 있고, 그저 향기만 맡아도 좋습니다. 이 공동 정원의 최대 장점은 매년 새로운 사람이 들어온다는 것입니다. 그래서 훗날 기력이 떨어져 정원을 돌볼 수 없게 되어도 다른 사람들이 정원을 돌볼 테니 그로 인해 속상할 일이 없습니다.

자라나는 모든 것, 우리가 찢고 부수고 조각내는 모든 것이 식물과 잡초가 자라듯 이듬해에 더 크고 더 강해지지 않는 게 얼마나 다행인지 모릅니다.

# 반려동물을 입양하고 싶다면
# 동물의 나이를 고려할 것

한곳에서 다른 곳으로, 혹은 한 나라에서 다른 나라로 이주하거나 미래를 계획할 때 반려동물은 어떻게 해야 할까요? 생쥐, 기니피그, 햄스터, 고양이, 개, 새, 물고기는 우리가 오랫동안 한 가족으로 생각하며 더불어 사는 동물들입니다. 동물원이 아닌 이상 이 동물들을 한꺼번에 모두 기를 수는 없습니다.

예전에 내 아들은 '햄퍼스'라는 기니피그를 길렀습니다. 당시 여덟 살 난 아들 녀석은 어느 날 가족이 식사를 마칠 무렵 햄퍼스를 우리에서 꺼내 식탁에 올려놓았습니다. 할머니가 와 계셨고, 식탁 한가운데에는 미역취 꽃이 한가득 꽂힌 꽃병이 있었습니다. 분위기를 돋우려고 내가 가져다 둔 것이었지요.

햄퍼스는 조심스레 꽃병으로 다가가 냄새를 킁킁 맡더니 꽃잎 몇 개를 먹기 시작했습니다. 얼마 뒤 그 조그만 기니피그는 격렬하게 몸부림을 치다가 배를 내보이며 쓰러지고는 꼼짝하지 않았습니다. 죽은 것입니다. 너무나 슬픈 일이었습니다. 아들은 흐느끼다가 할머니를 쳐다보며 말했습니다.

"할머니가 돌아가시면 햄퍼스가 죽은 것처럼 슬플 거예요."

대단히 현명한 분이었던 할머니는 순간 놀라긴 했지만 손자 녀석이 할머니를 아끼는 마음에서 한 말임을 이해하고 저녁 시간 내내 손자를 무릎 위에 앉히고 다

독였지요.

　1970년대 중반, 우리 가족은 미국을 떠나 스웨덴으로 돌아올 때 기르던 개 두 마리를 각기 다른 두 가정에 입양 보내기로 했습니다. 당시 미국에서 스웨덴으로 들어오는 동물은 넉 달 동안 격리 기간을 거쳐야 했기 때문입니다. 격리 장소는 춥고 외로운 곳이었으며, 우리는 그런 곳에 작은 친구들을 두고 싶지 않았습니다. 우리는 친숙하고 안전한 보금자리가 별안간 사라지고 생소한 환경에 처했을 때 작은 개가 어떤 반응을 보일지 심사숙고한 끝에 개들에게 안전한 장소를 찾아주기로 했습니다.

　나는 노퍽테리어를 분양하는 한 농장에 연락했습니다. 그 농장은 우리 집에서 멀지 않은 곳에 있었고, 친절한 중년 여성인 농장주는 우리에게 언제든 들르라고 말했습니다. 그 농장은 관리가 잘되어 청결했으며 여러 연령대의 천진난만한 작은 개들로 가득했습니다.

　우리는 우리 개 '더피'에게 새 가정을 찾아주어야 했습니다. 그녀는 걱정하는 우리의 심정을 이해해주었고 우리를 데리고 농장을 돌아다니면서 많은 개를 소개해 주었습니다. 그러고 나서 다 같이 자리에 앉아 이야기를 나누었습니다. 이야기를 나누는 동안 작은 개 한 마리가 내 아들 발치에 바짝 붙어 앉았습니다. 농장주는 소리 내어 웃더니 내 아들에게 말했습니다.

"이 녀석은 널 모르는데도 너랑 같이 집에 가고 싶은가 보구나!"

우리는 안심하고는 가벼운 마음으로 집을 향해 길을 나섰습니다.

현재 그 꼬맹이 노픽테리어는 내 남편의 진료실에서 일했던 직원의 보살핌 속에 살고 있습니다. 훌륭한 가정에서 사랑받으며 살고 있으니 녀석에겐 잘된 일이라고 해야겠지요. 그리고 나는 더피의 새 여주인한테 녀석이 잘 있다는 편지도 받았습니다.

일반적으로 개 농장은 강아지나 더 나이든 개를 사려는 사람들의 문의가 끊이지 않는 곳입니다. 우리의 또 다른 친구 바셋하운드도 그 농장을 통해 훌륭한 집에 입양되었습니다. 녀석은 정말 순둥이에 웃기고 못 말리는 개였습니다. 이웃집의 잘 손질된 예쁜 화단이란 화단에 빠짐없이 찾아가 벌러덩 드러누웠고, 샌드위치든 뭐든 호시탐탐 노리다가 훔쳐 먹곤 했습니다. 녀석은 새 가족들과 행복한 삶을 살았습니다. 그 집 정원의 운명에 대해서는 알 길이 없지만요.

한번 반려동물을 데리고 산책하는 맛을 알게 되면 그들이 없는 삶이란 참으로 무료하게 느껴집니다. 싱가포르에서 살 때 아들과 함께 동물 보호 협회에 방문한 적이 있습니다. 그곳에는 별의별 유기 동물들이 정규 직원들에 의해 관리되고 있었어요.

그날 오후 우리는 새 가족을 데리고 집으로 돌아왔습니다. 늙어서 비실거리는 덩치 큰 갈색 그레이트데인 종의 '텍사스'였습니다. 텍사스는 오자마자 테라스의 두툼한 담요 위에 자리를 잡았습니다. 녀석은 잠을 많이 잤는데, 어찌나 깊이 자는지 걱정이 될 정도였고, 마음씨는 또 어찌나 착한지 식구들이 외박한 날 도둑이 녀석을 타 넘어 들어와도 내버려둘 정도였습니다.

텍사스는 턱에 흰 털이 난 늙은 개였습니다. 류머티

즘을 앓고 있었고 현미에 달걀과 삶은 채소를 가미한 채식만 해야 했습니다. 그런데 녀석의 밥이 하도 맛있다 보니 우리 집 10대 아이들이 학교에서 돌아와 개밥으로 출출함을 달래는 풍경이 자주 벌어졌습니다.

개밥을 노리는 인간들이 있었지만 텍사스는 매일 저녁 발코니에서 큰 그릇에 가득 담긴 밥을 실컷 먹었습니다. 녀석이 식사를 할 때면 매번 커다랗고 까만 갈까마귀 두 마리가 근처 난간에 앉아 녀석을 지켜보았지요. 까마귀들은 묵묵히 앉아서 눈을 끔뻑거리고 고개를 끄덕였습니다. 텍사스는 항상 밥을 한두 입 남겨두었습니다. 녀석이 소화를 시키려고 담요 위로 가면 갈까마귀들은 잽싸게 내려와서 사뿐히 착지한 뒤 남은 음식을 먹어치웠지요. 매일 그랬습니다! 꽤 재미난 진풍경이었죠.

개를 기른다는 것은 참으로 좋은 일이면서도 책임이 무거운 일이기도 합니다. 병이 나거나 집을 옮겨야 한다면 잠시 혹은 영원히 사랑하는 동물 친구를 돌볼 수 없는 상황에 처하기도 하니까요. 그 경우 우리는 우리의 선량한 벗이 최상의 보살핌을 받도록 배려해야 하며 가능하면 사교 생활까지도 보장해야 합니다.

대부분의 개는 사교적이라 새로운 인간과의 접촉을 쉽게 받아들입니다. 또 주인이 없어도 삶을 즐기지요. 하지만 우리 개 텍사스는 달랐습니다. 녀석이 워낙 늙은 데다 신체적 고통에 자주 시달렸기 때문입니다.

우리 가족이 스웨덴으로 아주 돌아가게 되었을 때 나는 이 녀석을 어떻게 해야 할지 몰라 난감했습니다. 텍사스를 알 수 없는 운명에 맡기고 떠나는 것은 상상도 할 수 없었어요. 녀석은 새로운 삶을 시작하기에는 너무 유순했고 새 가족을 찾아주기에는 나이가 너무 많았습니다. 게다가 스웨덴으로 데려가려면 격리 기간을 거쳐야 하는데 텍사스가 추운 곳에서 넉 달을 버틸 수 있을 것 같지 않았습니다.

수의사와 상의한 끝에 나는 유일한 길을 선택할 수밖에 없었습니다. 끔찍하고 어려운 결정이었습니다. 그들이 텍사스에게 주사를 놓았을 때 녀석은 내 품에서 조용히 그리고 무겁게 늘어졌습니다. 너무나 슬픈 일이었지만 우리에게 다른 방법은 없었습니다.

대안이 없어 불가피하게 무언가를, 사람을, 반려동물을 떠나보내는 경험은 내게 무거운 교훈을 남겼습니다. 살면 살수록 삶은 점점 더 자주 교훈을 주었습니다.

혹여 내가 또 반려동물을 키우게 된다면 되도록 늙은 녀석이었으면 좋겠습니다. 강아지를 키우기에 나는 너무 늙었거든요. 젊은 개가 요구하는 긴 산책은 내게 너무 버겁습니다. 개를 한 마리 기르면 어떨까, 개 농장에 가서 내가 돌볼 만한 비실비실한 늙은 개를 한 마리 데려올까 하는 생각을 종종 합니다. 누구나 마찬가지일 겁니다. 아끼던 반려동물이 무지개다리를 건너도 또 다른 동물 친구를 원하는 마음은 여전합니다.

반려동물이 당신보다 더 오래 사는 경우에는 주변 사람에게 폐를 끼칠 수 있습니다. 그러므로 늙고 게으른 개를 데려오기 전에 먼저 가족, 이웃과 상의합시다. 유사시에 그 동물을 대신 보살펴줄 수 있겠느냐고. 아니면 입양을 재고해야겠지요

## 클룸페둔스 이야기

이 책이 동물에 관한 책이냐고요? 물론 아닙니
다. 만약 그랬다면 나는 우리 집 물고기, 새, 사랑스
러운 여러 고양이들(미엔, 꼬맹냥, 뭉치, 쪼꼬미)에
얽힌 숱한 이야기들을 털어놓지 않고는 못 배겼을
것입니다. 하지만 우리 집 고양이 '클룸페둔스('서
투른 사람'을 뜻하는 스웨덴 말)' 이야기는 꼭 들려
주고 싶습니다.

어느 날 덩치 큰 주황색 고양이 한 마리가 우리
집에 나타났습니다. 남편은 고양이에 대해 특별한
반감도 애정도 없는 사람이었습니다. 그런데 이 주
황 고양이는 즉시 남편을 점찍고는 남편이 어디에
가든 옆에 붙어 있으려 했습니다. 우리는 녀석에게
'클룸페둔스'라는 이름을 지어주었습니다. 녀석은
항상 뭔가를 잡으려고 뛰어올랐다가 다른 뭔가에
부딪쳐 물건을 부수거나 앉아 있던 의자에서도 별

안간 떨어지기 일쑤였기 때문입니다.

매일 밤 텔레비전에서 스포츠 뉴스가 방송되면 남편은 널찍한 안락의자에 앉아 뉴스를 시청했는데, 매번 클룸페둔스는 터덜터덜 걸어와서는 펄쩍 뛰어올라 의자 팔걸이에 편안히 자리를 잡았습니다. 훗날 남편이 요양원에 가야 했을 때 녀석은 끙끙대면서 남편을 그리워했습니다. 나는 스포츠 뉴스를 거의 보지 않았음에도 녀석은 매일 밤 여전히 의자 위로 뛰어올라(점프에 실패하지 않는다면!) 팔걸이에 누워 있곤 했습니다.

어느 날 요양원에서 전화가 와 남편이 갑자기 세상을 떴다고 내게 알렸습니다. 남편의 병세는 심각한 편이었지만 그날 아침 남편을 만나고 온 터라 그의 급작스러운 죽음은 큰 충격이었지요. 어떻게 충격이 아닐 수 있을까요. 요양원 측 사람들은 방을 비워야 한다면서 남편의 옷과 물건을 가져가겠느냐고 물었습니다.

요양원에 가보니 역시나 가려내야 할 것들이 아주 많았지만, 일단은 남편의 방에 있던 것들을 모두

집으로 옮겼습니다. 당장 정리하기에는 나도 너무 피곤했기 때문에 옷가지는 그냥 정문 바로 안쪽에 쌓아놓았습니다. 이미 몇몇 친구들한테서 다녀가라는 초대를 받은 데다 말벗이 절실했던 나는 친구들의 집으로 떠났습니다.

집에 돌아와보니 클룸페둔스는 남편의 옷 더미 위에 몸을 쭉 뻗고 슬프게 앉아 있었습니다. 나는 울음을 터뜨리고 말았습니다.

그 후로 몇 년 동안 나는 눈물로 세월을 보냈고, 그러는 사이 남편은 내게서 조금씩 멀어져갔습니다. 저녁이면 나의 슬픔은 고양이에게 모아졌습니다. 별안간 그 가련한 짐승을 슬픔 속에 홀로 방치했다는 죄책감이 밀려왔습니다. 하지만 클룸페둔스는 몇 달 전에 이미 무지개다리를 건넌 뒤였습니다. 나는 사후 세계를 그다지 믿지는 않지만 가끔씩 클룸페둔스가 그 머나먼 세상에서 안락의자의 팔걸이와 옛 친구를 찾아냈을 거라는 상상을 하곤 합니다.

# 추억이 어린 인형은 손주들에게

쓸모도 가치도 없지만 도무지 버리기 어려운 것들, 아예 버리기 불가능한 것들이 있습니다. 나도 그랬습니다. 방 두 칸짜리 아파트로 이사를 가게 되었을 때 나는 우두커니 앉아 슬픈 유리알 눈으로 나를 지켜보는 가족을 깜빡했다는 것을 깨달았습니다. 바로 사랑하는 나의 인형 친구들이었습니다. 어쩌면 피붙이보다 내게 더 큰 기쁨과 위안을 주었을 인형들을 오랫동안, 아무도 떠올리지 못한 것입니다. 안타깝게도 내게는 그것들을 나눠 줄 만한 어린 손주들이 없었습니다.

장성한 손주 하나가 자식들에게 주겠다고 인형을 몇 개 가져갔습니다. 그중에는 '테디퍼('털뭉치 루시퍼'처럼 참 이상한 이름이었습니다)'라는 크고 하얀 북극곰 인형도 있었는데, 싱가포르에 살 때 내가 남편에게 크리마스 선물로 준 것이었습니다. 나는 남편이 집에 없을 때 그것을 붙들고 춤을 추곤 했습니다. 크고 파란 하마 인형 '페르디남'도 있었습니다. 등에는 손잡이, 꼬리에는 태슬이 달리고 머리에는 줄무늬 베레모를 쓴 페르디남. 나는 그것들이 나처럼 새 보금자리를 갖게 되어 기쁘면서도 작별 인사를 해야 하는 것이 슬펐습니다.

현재 내 집 거실에는 남편이 호주에서 사 온 큰 코알라 인형 '범발 씨'가 있습니다. 분명 남편은 비행기를 탈 때 녀석이 앉을 좌석을 따로 끊었을 것입니다. 녀석은 앉은 자리가 무척이나 만족스러운 듯 보입니다. 침실 선반에는 '올드베어'가 앉아 있습니다. 곰돌이 푸와 꼭 닮은 놈이지요. 녀석은 조금 낡았고, 몸 안의 내용물을 유지하기 위해 스웨터를 걸치고 양말을 신고 있지만 나이는 여든 살이 족히 넘었습니다. 오랫동안 꼬맹이들의 비밀을 수없이 들으며 위안을 주고 말벗 노릇을 한 녀석들을 쓰레기통에 내쳐야 할까요? 천만에요. 녀석들은 당분간 다른 꼬마 친구들과 같이 선반 위 자기 자리에 앉아 있을 것입니다.

# 쓸모없지만 도저히 버릴 수 없는
## 물건이 있다면

내게는 오롯이 나만을 위해 간직하는 물건이 몇 개 있습니다. 지난 일들을 잊지 않게 해주는 오래된 연애편지나 여행 때 챙긴 팸플릿 같은, 추억에 얽힌 것들입니다. 나는 이 사적인 물건들을 '버릴 물건'이라고 적은 상자 안에 모아두고 있습니다.

서류 뭉치를 살피다 보면 누군가 당신을 '가장 아끼는 친구'나 '멋진 사람'으로 칭한 편지라든가, 다시 읽고 싶어지는 멋진 글이라든가, 벽에 붙여놓고 싶을 만큼 버리기 아까운 것들을 발견하게 됩니다. 이처럼 남한테는 아무런 쓸모가 없지만 내게는 큰 가치가 있는 것들을 발견할 때 나는 '버릴 물건' 상자를 가져옵니다. 이 상자 안의 것들은 내가 세상을 뜨고 나면 그냥 처분하면 됩니다.

분명 내 자식들은 이 상자를 가장 먼저 확인할 것입니다. 아니, 확인하지 않을 수도 있지요. 그래도 나는 다른 사람들이 이것들을 양심적으로 버려주기를 기대합니다. 그리고 내가 사랑하는 사람들이 이것들을 내버리기 전에 편지나 사진 등을 보며 웃음 짓는 장면을 상상합니다.

죽는 날을 대비해 물건들을 처분하는 것은 대단히 어려운 작업입니다. 나는 매번 이런저런 추억에 사로잡힙니다. 그러면서도 흐뭇한 마음이 듭니다. 말린 꽃잎, 이상한 모양의 돌멩이, 예쁜 조개껍데기 같은 작은 것들

남한테는 아무런 쓸모가 없지만
내게는 큰 가치가 있는 것들을 발견할 때
나는 '버릴 물건' 상자를 가져옵니다.
이 상자 안의 것들은 내가 세상을 뜨고 나면
그냥 처분하면 됩니다.

만 간직한다는 데 안심하면서 그것들을 '버릴 물건' 상자 안에 둡니다. 그 상자에는 '특별한 날과 사건을 상기시키기 때문에 오직 내게만 가치 있는 소소한 것들'이 담겨 있습니다.

핵심은 너무 큰 상자를 선택하지 않는 것입니다. 신발 상자 정도면 충분합니다.

# 추억이 담긴 편지는
## 모두와 나누어 가질 것

우리 가족은 편지를 정말 많이 썼습니다. 대부분은 내 남편이 다국적 기업의 업무차 출장을 많이 다녔기 때문인데 시어머니는 당신의 아들이 인공위성 같다면서(끊임없이 움직이고 자주 멀리 떠난다며) 불평하시곤 했습니다.

스웨덴에서 먼 곳으로 이사했을 때 우리는 편지로 고국의 친척, 친구 들과 지속적으로 연락을 주고받았습니다. 당시만 해도 전화료가 대단히 비쌌기 때문에 전화는 급한 용건이 있을 때만 이용했습니다. 자식들은 성장하면서 친구네 놀러 가고, 수학여행을 떠나고, 나중에는 먼 곳에 있는 학교로 진학했습니다. 그때마다 아이들은 나와 내 남편에게 카드나 편지를 보내 앞으로의 계획이나 돈이 더 필요하다는 이야기를 전했습니다. 나는 그 편지들을 여럿 보관했어요.

　　스카이프와 페이스타임이 출시되기 전이었기 때문에 서로 연락을 하려면 많은 시간과 노력이 필요한 시절이었습니다. 특히 아프리카나 아시아처럼 통신 시스템이 덜 발달한 나라에 있을 때는 더 그랬습니다. 우리는 편지가 선박이나 마차에 실려 오가는 것이 아니라 그나마 비행기에 실려 그보다는 더 빨리 도착한다는 데 만족해야 했습니다.

　　나는 내 어린 손주들이 과연 편지를 잘 쓸 수 있는지 의문입니다. 종이에 펜으로 쓰는 손 편지 말입니다. 이제는 아무도 그렇게 편지를 쓰는 것 같지 않습니다. 그들에게 보낸 내 선물이 잘 도착했는지조차 아리송합니다. 그럴 때는 페이스북이 유용합니다. 페이스북으로 선물의 도착 여부는 물론이고 그것이 얼마나 애용되는지도 알 수 있기 때문입니다.

내 자식들은 어렸을 때 책상에 앉아 감사 편지를 손으로 써야 했습니다. 당시 사람들은 선물을 사고 보내기 위해 들여야 하는 노력과 선물을 받는 기쁨을 감안해 편지를 쓰는 수고쯤은 기꺼이 감수했습니다.

자식이 너무 어려 모국어조차 읽고 쓸 수 없는데 새 언어를 습득해야 하는 나라로 이사해야 하는 경우, 아이에게 글쓰기는 큰 부담으로 작용할 수 있습니다. 내 막내딸은 제 언니, 오빠 들처럼 친구들에게 편지를 쓰고 싶어했어요. 딸애는 열심히 노력했습니다. 하지만 어느 날 한숨을 쉬더니 이렇게 말하더군요.

"엄마, 내 친구들한테 나 죽었다고 대신 편지 좀 써주세요."

당시 딸애는 겨우 여섯 살이었지만 죽음이 곤경에서

벗어나는 한 가지 방법임을 알고 있었던 모양입니다.

그로부터 한참 후에 나는 손자 녀석이 사는 몰타(지중해에 위치한 영연방 섬나라-옮긴이)를 방문했습니다. 손자 녀석은 거기서 스칸디나비아 지역에 사는 친구와 컴퓨터로 이야기를 하며 지내고 있었습니다. 몇 시간 동안! 공짜로! 게다가 그 친구와 게임도 함께 했습니다. 같이 웃으면서! 40년 전에 자기 부모가 그런 식의 연락을 얼마나 갈망했을지 손자 녀석은 상상이나 할 수 있을까요?

하나뿐인 아들이 식구들을 모두 데리고 머나먼 곳으로 이사를 가서 주말에 아들 집에 다녀올 수 없게 되었을 때, 내 시어머니는 분명 크게 상심했을 것입니다. 그래서 나는 일주일에 한 번씩 시어머니에게 편지로 우리가 어떻게 지내는지, 특히 손주들의 일상생활에 대해 이야기했습니다. 시어머니는 그 편지들을 파란 비닐봉지에 모아두었다가 우리가 고국으로 돌아왔을 때 내게 주었어요. 그것은 우리 가족 전체의 일기나 다름없었습니다. 그 편지들을 돌려받아서 얼마나 좋았는지 모릅니다. 그것은 앞으로도 절대 버리지 않을 예정이고, 시간이 나면 다섯 부씩 복사해서 자식들에게 한 부씩 나눠줄 생각입니다.

복사할 짬이 나지 않을 경우를 대비해 나는 편지 봉투마다 간단한 내용과 누구에 관한 편지인지 적어두었습니다. 이웃집 연못에서 스케이트를 탄 일, 나무 상자로 소꿉놀이 집을 만든 일, 커다란 종이 상자로 인형의 집을 만든 일, 파티와 크리스마스 장식을 한 일 등을요.

그 외에도 나는 아주 오래된 카드, 초대장, 편지 등을 가지고 있습니다. 그중에는 200년 이상 된 것들도 있습니다. 어찌나 글씨를 공들여 또박또박 멋지게 썼는지 매번 펜을 잉크에 찍어 한 자 한 자 쓴 것 같습니다. 아니면 거위 깃털 펜, 즉 깃펜으로 썼겠지요. 매우 얇은, 세월에 누렇게 변한 종이에 말입니다. 이것들은 대단히 작은 예술품입니다.

내가 학교에 다니던 시절에는 글씨를 분명하고 단정하게 쓰는 것이 대단히 중요했습니다. 요즘에는 손으로 일기나 편지를 쓰는 사람들이 많지 않고, 손 글씨로 쓴 글이라고 해도 읽기 어려울 때가 있습니다. 편지를 적을 때 펜이 손안에서 어떻게 움직이는지 그 느낌을 모르는 사람이 쓴 글은 특히 더 그렇습니다.

예전에 내가 다닌 학교에는 작문 시간이 있었습니다. 우리는 대부분 작문 수업을 무척 지루한 시간으로 생각했습니다. 선생님은 한 글자를 쓸 때마다 펜촉을 잉크에 찍게 했습니다. 우리는 선생님에게 하도 짜증이 나서 모든 잉크 통에 물을 부어버린 적이 있습니다. 그런다고 우리가 쓴 글이 더 쉽게 읽히는 것은 아니었지만 말이에요.

나는 다른 사람들의 손 글씨를 읽는 데 큰 어려움이 없지만 젊은 몇몇 사람들은 다른 사람의 손 글씨를 해독하는 것을 어렵게 여기기도 합니다. 어쩌면 그것이 바로 그들이 손 글씨로 무언가를 적는 것을 그리 어려워하는 이유일지도 모릅니다. 물론 그들에게는 컴퓨터 앞에 앉아 클릭을 하는 것이 훨씬 쉬울 것입니다. 빠를 뿐 아니라 봉투나 우표도 필요 없기 때문입니다. 우체국에 갈 필요조차 없습니다. 그래도 내게는 집 우편함에서 발견한 엽서 한 장이 더 큰 기쁨입니다.

내 딸을 포함한 젊은 영화인들이 스웨덴의 위대한 예술가이자 영화감독인 잉마르 베리만Ingmar Bergman에 대한 다큐멘터리를 만들고 있습니다. 그의 손 글씨는 거의 100년 전 양식이라 그들은 감독이 손으로 쓴 글을 해독하는 데 애를 먹다가 결국 내게 도움을 요청했습니다. 내게도 그것은 녹록지 않은 일이었으나 그렇다고 난해하지는 않았습니다.

우연히 알게 된 것은 그의 일부 영화에서 뚜렷이 나타나듯 잉마르 베리만은 항상 죽음을 생각했지만 데스클리닝은 전혀 하지 않았다는 점입니다. 그 결과 스톡홀름에는 잉마르 베리만에 관한 방대한 자료가 존재합니다. 이처럼 데스클리닝이 바람직하지 않을 때도 있습니다. 적어도 엄청난 양의 업적을 쌓은 사람에 한해서는 말입니다.

이제 나는 희귀한 편지와 카드를 더는 수집하지 않습니다. 감사의 답장을 보내고 나면 받은 카드나 편지는 즉시 파쇄기로 보내버립니다. 다만 대단히 재미나거나 아름다운 카드라면 부엌문에 테이프로 붙여놓거나 때때로 다시 꺼내 즐길 수 있게끔 '버릴 물건' 상자 안에 넣습니다.

# 각종 웹사이트의 비밀번호는
## 수첩에

내게는 인터넷으로 연락할 수 없는 친구들이 있습니다. 그들은 컴퓨터나 아이패드는 고사하고 휴대전화조차 없고 앞으로 사용할 의사도 없습니다.

남자든 여자든 마찬가지입니다. 그들은 그것이 실용적이지 않다고 주장하면서 현대의 발명품 없이도 잘살 수 있다고 말합니다. 글쎄, 뭐, 그럴지도 모르지요. 하지만 그들은 더 편하고 흥미로운 삶에서 오는 많은 핵심 정보들을 놓칠 수도 있습니다. 그럴 때면 나와 그 친구들이 전혀 다른 세상에 살고 있는 건 아닌가 하는 생각이 들곤 합니다.

나로서는 이제 인터넷이 없는 생활은 상상이 되지 않습니다. 나는 적어도 하루에 한 번은 받은 편지함에 들어온 이메일을 읽고 답장을 씁니다. 단순한 질문도 있고, 초대장이나 일상적인 편지도 있고, 물론 삭제하고 싶은 광고 메일도 있습니다. 또한 인터넷으로 주소나 전화번호를 찾아보고, 공공요금을 내고, 여행하고 싶을 때는 각종 표를 삽니다.

놓친 텔레비전 프로그램이 있으면 컴퓨터로 몰아서 보기도 하는데 그것이 더 편리합니다. 그리고 컴퓨터로 뭐든 거의 다 살 수 있습니다. 사전도 이용할 수 있고, 요리법 같은 정보도 찾아볼 수 있습니다.

테크놀로지는 때때로 따라가기 벅찰 만큼 대단히 빠르게 변화합니다. 특히 나처럼 나이가 많은 사람들은 더욱 부담을 느낍니다. 노인들은 예전보다 행동거지도 느린 데다 잘 잊어버려서 경청하고 학습하는 과정을 처음부터 다시 밟아야 하기 때문입니다. 정말이지 짜증이 나고 피곤한 일이 아닐 수 없습니다.

우리는 많은 것을 적어두어야 합니다. 물론 메모 습관은 컴퓨터를 사용할 때도 대단히 중요합니다. 어떤 웹사이트는 비밀번호를 알아야 접속이 가능하기 때문입니다. 시간이 지나면서 이런저런 비밀번호가 점점 많아집니다. 젊은 사람들조차 모두 기억하기 버거울 정도입니다.

나는 뒷면이 빨간 작고 검은 수첩을 가지고 있습니다. 컴퓨터를 이용해 어디에든 접속할 수 있도록 이 작은 수첩에 모든 비밀번호를 적어두고 있습니다. 내가 저세상으로 갔을 때 내 가족은 필요한 것들을 이 수첩에서 쉽게 찾아볼 수 있을 것입니다.

인터넷 덕분에 의사소통이 쉬워진 것은 좋은 일이지만 한편으로는 손 글씨로 쓰인 많은 글과 생각 들이 허공으로 사라진 것은 슬픈 일이라고 생각합니다. 누가

구형 휴대전화에 온 문자메시지를 따로 보관하려 할까요? 소중한 문자메시지를 보관하려면 얼마나 많은 구형 휴대전화를 가져야 할까요? 그리고 문자메시지를 읽기 위해서 그 많은 휴대전화의 충전기는 또 얼마나 많이 보관해야 할까요? 어림없는 일입니다. 이것은 테크놀로지의 진보가 수반하는 또 다른 문제점입니다. 어제의 필수품은 오늘의 고물로 전락하기 일쑤입니다.

나는 시대의 흐름에 뒤떨어지지 않으며 구식은 멀리하려고 노력해왔습니다. 1970년대에 사용하던 카세트테이프가 구닥다리가 되었을 때 모두 내버렸고, 비디오테이프도 같은 신세가 되었을 때 가진 자료를 디지털화한 후 모두 내버렸습니다. 하지만 레코드판은 좀 달랐습니다. 법률가인 아들이 레코드판을 수집하고 있어서 나는 원하는 것을 몇 개 골라 가져가게 했습니다. 물론 나머지는 내버렸습니다.

테이프 레코더와 턴테이블도 예외는 아니었습니다. 한때 우리 가족은 그것으로 음악을 즐겨 들었지만 그것들이 구닥다리가 되었을 때 미련 없이 내버렸습니다.

1920년대의 아름다운 아르데코풍(기하학무늬와 강렬한 색채가 특징인 1920~30년대 장식 미술의 양식-옮긴이) 토스터는 보면 눈이 즐겁지만 그 외의 장치, 충전기, 라우터 같은 전자제품들 중 앞으로 계속 감탄의 대상으로 남을 만한 것은 거의 없습니다.

■

# 데스클리닝의 마지막 단계, 사진

■

드디어 마지막 장, 사진 정리에 도달하셨습니다. 여러모로 사진은 처분하기 대단히 까다로운 대상입니다.

사진들을 훑어보는 것은 상당히 감성적인 일입니다. 간직하고 싶은 추억들이 되살아날 테고, 추억이 어린 사진들을 가족에게 나눠주고 싶은 마음도 들 것입니다. 하지만 당신의 추억과 가족의 추억이 항상 일치하는 것은 아니라는 점을 명심해야 합니다.

내가 간직하고 싶은 사진에 다른 가족은 완전히 무관심할 수도 있습니다. 자식을 둔 사람은 행여 자식들이 당신과 똑같이 행동하거나 생각하기를 기대해서는 안 됩니다. 절대. 그것은 어림없는 일입니다.

컴퓨터에 수많은 사진을 보관할 수 있지만 그럼에도 많은 사람이 여전히 사진첩에 간직된 사진을 보고 싶어 한다고 나는 믿습니다. 내 아이들은 각자 성장기의 모습을 담은 자신의 사진첩을 가지고 있습니다. 사진을 많이 찍고 나서 현상된 사진들이 집 우편함으로 배달될 때면 우리는 항상 신이 났습니다.

아이들은 각자 간직할 사진을 스스로 선택해 복사본을 주문하고 싶은 사진 뒤편에 이름을 적었습니다. 주문한 사진은 며칠 내 다시 도착해 아이들의 사진첩에 꽂혔지요. 아이들은 아직도 그 사진첩을 가지고 있습니다. 사진첩은 종류가 많으니 마음에 드는 것을 선택하면 됩니다. 나는 페이지를 계속 추가할 수 있는, 계속

두꺼워지는 형태의 사진첩을 선호합니다.

마음이 맞는 사람과 함께 앉아 사진첩을 뒤적이는 것은 즐거운 일입니다. 사진을 가리키며 "언제 어떤 일이 있었지", "누가 카메라를 들고 있었지" 하는 이야기를 나눌 수 있기 때문입니다. 그것은 사진의 뒷면에 자리한, 보이지 않는 즐거움입니다.

내 며느리들 중 유치원에 근무하는 며느리가 어떤 꼬마에 대한 이야기를 들려주었습니다. 한 아이가 친한 친구의 그림을 그렸는데 뒷모습을 그리겠다고 종이를 뒤집었다고 합니다. 이 얼마나 멋진 생각인지.

그렇다면 사진을 처분할 때 명심해야 할 점은 무엇일까요? 우선 나는 사진들을 사진첩에 넣기 전에 많이 버립니다. 잘 나오지 않은 사진, 나나 다른 사람들이 너무 이상하게 나온 사진을 버립니다. 그리고 사진에 찍힌 모든 사람의 이름을 꼭 적어둡니다. 현재 나는 우리 집안의 최고령자입니다. 내가 이름을 모르는 사람은 다른 가족도 모를 가능성이 큽니다. 이름을 모르는 사람의 사진도 파쇄기에 넣습니다.

사진을 처분할 때 명심해야 할 점은 무엇일까요?
우선 나는 사진들을 사진첩에 넣기 전에
많이 버립니다.

하지만 가끔씩 망설일 때가 있습니다. 아주 오래된 사진은 모르는 사람의 사진일지라도 역사, 문화적 가치가 있을 수 있기 때문입니다. 사진 속 인물의 옷차림, 자동차, 거리 풍경 등 고작 3, 40년 전의 사진도 큰 재미를 줄 수 있습니다. 그럴 때는 다소 신중을 기합니다. 그리고 자식들에게 몇 장 보여주면서 흥미가 생기는지, 계속 간직할지 의견을 묻습니다.

내 아버지는 생전에 사진 찍기를 좋아했고 실제로 사진을 잘 찍었습니다. 나 역시 많은 사진을 찍었고, 자식들 중 셋은 사진에 뛰어난 재능이 있습니다. 사정이 그렇다 보니 우리 집에는 사진이 많아도 너무 많은데, 내 잘못이므로 사진을 정리하는 일도 내 몫일 수밖에 없습니다. 나와 허기진 내 파쇄기가 사진들을 책임지지요.

그런데 애물단지가 하나 있었습니다. 사진 슬라이드가 80개씩 들어가는 슬라이드 통이 셀 수 없이 많았습니다. 우리는 벽에 슬라이드를 쏘아 사진을 보곤 했는데 텔레비전 채널이 딱 하나이고 아동 프로그램이 귀하던 50년 전에는 그것이 재미난 놀이였습니다. 당시에는 인기 만화영화도 일주일에 한 번 방영되었지요.

두 해 전 가을에 나는 사진 슬라이드를 손보기로 결심했습니다. 작은 필름 스캐너를 장만해 틈틈이 사진 슬라이드를 점검했습니다. 장남이 태어난 이후 25년간 찍은 사진들이 들어 있었죠. 나는 스캐너를 이용해 공유하고 싶은 사진을 컴퓨터로 옮긴 다음 자식들에게 줄 사진을 각기 다른 USB에 옮겼습니다. 그 작은 USB 메모리 스틱(고작 6센티미터 길이)에 그렇게 큰 저장 공간이 있다니 정말 놀라웠습니다. 그렇게 그해의 크리스마스 선물을 마련하고 나니 마음이 뿌듯해졌습니다. 나는 그것들을 봉투에 넣어 우편으로 발송했습니다.

오래 살다 보면 까마득한 추억 속에서 방황하기 쉽습니다. 까딱하다가는 시간을 그냥 흘려보내게 됩니다. 하지만 한 분야에서 나름대로 성공적인 발자취를 남긴 뒤 오래된 사진들을 평온하게 뒤적인다면 그 시간들이 더 멋져지지 않을까 싶습니다. 게다가 사진은 공간을 많이 차지하지 않기 때문에 남겨진 자식들이 그것들을 처리하게 되더라도 크게 화내지 않을 대상입니다. 오히려 그 작업을 즐길 수도 있지요.

장성한 자식들이 식솔들을 데리고 총출동해 모였던 생일 파티가 기억납니다. 나는 사진을 꺼내놓고 분류한 다음 각각 자식들의 이름을 적은 봉투에 나눠 넣었습니다. 모두가 식탁을 둘러싸고 모여들었습니다. 처음에는 각자 조용히 봉투를 열어보더니 금세 사진을 훑어보며 두런두런 이야기를 나누기 시작했습니다. 와! 너 좀 봐라! 이거 봤어? 그거 기억나? 이런 이야기들. 그렇게 우리는 즐거운 시간을 보냈습니다.

그랬는데도 아무도 고르지 않은 사진들이 엄청나게 쌓여 있었습니다. 나는 자식들이 다음에 올 때 주려고 그것들을 분류해 각자의 봉투에 넣어두었습니다. 그중에 몇몇은 훌륭할 뿐 아니라 보관 가치도 있는 중요한 사진이었습니다.

가족, 친구 들과 게임도 하고 즐거운 시간을 갖는 기회로 삼는다면 오랜 세월에 걸쳐 모은 사진들을 데스클리닝하는 것도 그리 어렵지 않을 것입니다. 덜 외롭고 덜 버겁고 더 재미있는 작업이 될 수 있습니다. 또한 그

렇게 되면 그 숱한 추억들을 홀로 짊어질 필요도 없고,
과거에 갇혀 지낼 위험도 줄어듭니다.

■

# 데스클리닝으로 인해
# 모두가 행복해지기를 바라며

■

데스클리닝은 당신이 세상을 뜬 후 자식을 비롯한 사랑하는 사람들이 당신의 물건을 처리해야 하는 부담을 덜어주기 위한 일종의 배려입니다. 이것이 데스클리닝의 핵심적인 동기이기는 하지만 전부는 아닙니다. 데스클리닝은 즐거운 놀이가 될 수 있습니다. 일찍 시작한다면 그리 큰 부담으로 작용하지도 않습니다.

데스클리닝은 즐거운 놀이로써 이를 통해 물건의 의미를 찾고 추억에 젖는 것이 핵심입니다. 물건을 살펴보면서 그것의 가치를 되살리는 것은 즐거운 작업입니다. 어떤 물건이 어떤 의미를 지니는지, 그것을 간직한 이유가 무엇인지 기억나지 않는다면 가치가 없는 물건이므로 이별하기가 더 쉬울 것입니다.

요즘 나는 자식이 없는 젊은 사람들을 많이 만나고 있습니다. 이런 사람들 중에는 이렇게 생각하는 사람도 있을 것입니다. 나는 자식이 없으니 데스클리닝은 필요하지 않을 거라고. 하지만 이것은 틀린 생각입니다. 당신이 떠난 후 누군가는 당신의 뒷정리를 해야 합니다. 그게 누가 되었든 그 사람은 그것을 부담스러운 일로 받아들일 것입니다.

우리의 지구는 끝없는 우주를 유영하는 매우 작은 별입니다. 지구는 자칫 우리의 소비만능주의에 짓눌려 멸망할지도 모릅니다. 정말 그렇게 될까 봐 나는 두렵습니다. 자식이 없는 사람들도 데스클리닝을 해야 합니다. 본인의 즐거움을 위해서, 또한 모르는 사람들의 자식들을 위해서요. 재활용과 기부를 하면 지구도 지키고 필요한 사람들에게 물건도 나눠줄 수 있습니다.

내게는 아이가 없는 딸자식이 하나 있는데, 그 애는 엄청난 분량의 책들을 소장하고 있습니다. 딸애(이제 50대입니다)는 자기 책을 나눠줄 요량으로 독서를 좋아하는 젊은이들을 애타게 찾고 있습니다. 내 부모님과 시부모님이 소장했던 많은 책들도 현재 그 아이의 서재에 있지요.

대부분의 사람은 열심히 찾는다면 자신의 물건을 누군가에게 나눠줄 수 있습니다. 자식은 없어도 형제자매와 조카는 있을 수 있습니다. 그들도 없다면 친구, 동료, 이웃이 당신의 소유물을 기꺼이 받아 갈 것입니다.

물건을 줄 마땅한 대상이 없다면 판매하거나 기부 단체에 보냅시다. 데스클리닝을 하지도 않고 사람들에게 가치 있는 것들을 보여주지도 않다가 세상을 뜬다면, 당신의 멋진 물건들은 커다란 트럭에 실려 중고품 가게나(이것도 아주 운이 좋다면) 쓰레기장으로 향할 것입니다. 그런 상황을 좋아할 사람은 없습니다.

자기 물건을 살펴보고, 지난날을 추억하고, 그것들을 처분합시다. 새 삶을 시작하고, 새집으로 이사하고, 서머싯 몸Somerset Maugham의 작품이면 뭐든 읽고 싶어하는 젊은이들은 (드물 수도 있겠지만) 언제나 존재합니다. 피붙이가 없어도 냄비와 프라이팬, 다락에 보관한 의자, 낡은 카펫을 얼마든지 나눠줄 수 있습니다.

이 젊은이들은 원하는 물건을 살 수 있을 만큼 형편이 피면 당신에게 받은 낡은 가구들을 친구들에게 넘길 것이고, 그 친구들도 때가 되면 그 물건들을 다시 친구들에게 넘길 것입니다. 당신이 세상을 떠난 뒤 그 물건들의 행방은 알 수 없게 되겠지만 생각해보면 이는 멋진 일이 아닌가요?

젊은이에게 당신의 낡은 책상을 넘겨줄 때 사연을 들려주십시오. 꾸며낸 것이 아닌 진짜 있었던 일을 말입니다. 그 책상 위에서 어떤 편지를 썼고 어떤 서류에 서명했는지, 그 책상 옆에서 어떤 생각을 했는지. 그러면 그 이야기는 한 젊은이에서 다른 젊은이에게로 회자되며 대대로 이어질 것입니다. 그렇게 평범했던 당신의 책상은 세월과 함께 비범한 책상이 되어갑니다.

내 친구는 스톡홀름을 떠나는 한 친구에게서 책상을 받았습니다. 그것은 1700년대에 만들어진 책상이었습니다. 친구는 그 책상을 바라보고, 앉고, 그 위에서 글을 씁니다. 그리고 과거에 그 위에서 어떤 글이 쓰였을지 항상 궁금해합니다. 수백 년 전 누가 여기 앉아 글을 썼을까? 어떤 내용을 썼을까? 무슨 이유로 그것을 썼을까? 누구에게 썼을까? 연애편지? 사업상의 거래?

친구의 책상은 참으로 아름답습니다. 모두가 그것을 인정합니다. 하지만 물리적 아름다움보다는 그 책상이 300년 넘게 사용되어 왔다는 사실이 더 중요합니다. 그 책상 위에서 글을 썼던 모든 사람이 미래의 사람들을 위해 역사적 자취를 남겼기를 바랍니다. 내 친구는 작은 메모를 적어 그 책상 안에 넣어두었습니다. 곧 그것을 팔 예정입니다. 나는 그 전통이 이어지기를 기원합니다.

# 데스클리닝이 가져다주는
# 일상의 행복

데스클리닝은 단순히 물건에 국한되는 행위는 아닙니다. 그랬다면 데스클리닝은 그렇게 어렵지도 않았을 것입니다. 소유한 물건은 지난날들을 상기시키게 마련이지만 사진과 글은 특히 더 다루기 까다롭습니다.

핵심은 정서입니다! 옛 편지들을 훑어보는 것은 시간

을 엄청나게 잡아먹는 일입니다. 옛 추억에 잠겨 지난 시절을 회상하게 만들기 때문입니다. 기분 좋게 행복한 추억에 잠길 수도 있지만 엉뚱한 방향으로 흘러가 서글 프고 우울한 감정의 소용돌이에 휘말릴 수도 있지요.

나는 옛날 편지들을 읽으면서 웃기도 하고 울기도 합니다. 때로는 이런 건 보관하지 않았어야 했다고 후회하기도 하지요. 또 그간 잊고 살았는데 별안간 생각나는 것들도 있습니다. 자신이 살아온 길, 살아온 삶의 큰 그림을 보려면 씁쓸한 일들도 떠올릴 수밖에 없습니다.

나는 데스클리닝에 집중할수록 더 용감해지는 것을 느낍니다. 이 물건을 남기면 지인 중에 좋아할 사람이 있을까. 이렇게 자주 자문합니다. 잠시 생각한 뒤 아니라는 대답이 나오면 종이류는 배고픈 파쇄기에 넣습니다. 하지만 파쇄기로 보내기 전 좋든 싫든 그때의 일이나 감정을 잠시 상기하는 시간을 갖습니다. 그것이 내 인생사, 내 삶의 일부였음을 알기 때문입니다.

나는 대부분의 사람이 왜 죽음에 대해 이야기하는 것을 기피하는지 잘 이해가 가지 않습니다. 죽음은 우리 모두가 언젠가는 겪어야 할 불가피한 일 아닌가요?

이러한 불가피한 일들을 직시하고 사전에 통제한다면 병에 걸렸을 때 어떻게 생활을 꾸릴 것인지, 죽을 때 어떠한 처우를 받고 싶은지 하는 것은 우리가 선택할 수 있다는 점을 깨닫게 됩니다.

죽음에 대해 성찰하고 세상을 떠나기에 앞서 주변을 정리하는 데는 여러 가지 길이 있습니다. 어떤 사람은 화장되어 바다에 뿌려지기를 원하고, 어떤 사람은 관 속에 넣어 매장되고 싶어합니다. 이 외에도 자신의 죽음과 장례식에 대해 생각할 거리는 많습니다. 친지들에게 이 어려운 결정들을 떠넘기지 않으려면 아직 힘이 남아 있을 때 스스로 결정하는 것이 좋습니다. 가까운 사람에게 본인의 바람을 이야기하거나 서류로 작성해 두는 것이지요. 데스클리닝이란 이렇게 그냥 실용적인 행동을 하자는 것입니다!

자발적으로 데스클리닝을 시작하고, 이 행위가 사랑하는 사람들에게 벌어줄 시간을 생각하며 기뻐하기를 바랍니다. 당신이 데스클리닝을 하면 그들은 원하지 않는 물건을 처리하느라 소중한 시간을 쓰지 않아도 되니까요.

나는 내 데스클리닝을 얼추 마치고 나면 대단히 흡족하고 행복할 것 같습니다. 여력이 된다면 어디론가 여행을 떠나도 좋고, 나 자신에게 꽃다발을 선물하고, 친구들을 몇 명 초대해 근사한 저녁밥을 대접하며 임무 완수를 축하해도 좋을 것입니다. 그러고 나서도 죽지 않는다면 쇼핑을 나갈 생각입니다. 다시 한 번 말이에요!

옮긴이 황소연

연세대학교를 졸업하고 출판 기획자를 거쳐 현재 전문 번역가로 활동하고 있다.
옮긴 책으로 《호오포노포노의 비밀》, 《밀크 앤 허니》, 서머싯 몸의 《인생의 베일》,
어니스트 헤밍웨이의 《가진 자와 못 가진 자》, 휴버트 셀비 주니어의 《브루클린으
로 가는 마지막 비상구》, 찰스 부코스키의 《사랑은 지옥에서 온 개》, 《위대한 작가
가 되는 법》 외 다수가 있다.

# 내가 내일 죽는다면
삶을 정돈하는 가장 따뜻한 방법, 데스클리닝

2017년 9월  8일 초판 1쇄 인쇄
2018년 1월 25일 초판 2쇄 발행

지은이 | 마르가레타 망누손
옮긴이 | 황소연
발행인 | 이원주

발행처 | (주)시공사
출판등록 | 1989년 5월 10일(제3-248호)

주소 | 서울시 서초구 사임당로 82(우편번호 06641)
전화 | 편집(02)2046-2853·마케팅(02)2046-2883
팩스 | 편집·마케팅(02)585-1755
홈페이지 | www.sigongsa.com

ISBN 978-89-527-7922-9 03850

이 도서의 국립중앙도서관 출판예정도서목록(CIP)은 서지정보유통지원시스
템 홈페이지(http://seoji.nl.go.kr)와 국가자료공동목록시스템(http://www.
nl.go.kr/kolisnet)에서 이용하실 수 있습니다.(CIP제어번호: CIP2017022247)